彼时年华

吕广波 著

黑龙江人民出版社

图书在版编目（CIP）数据

彼时年华 / 吕广波著 . -- 哈尔滨：黑龙江人民出版社，2018.4（2020.6重印）

ISBN 978-7-207-11321-4

Ⅰ. ①彼… Ⅱ. ①吕… Ⅲ. ①中国文学—当代文学—作品综合集Ⅳ. ①I217.2

中国版本图书馆 CIP 数据核字（2018）第 080943 号

责任编辑：崔　冉
封面设计：李　慧
封面题字：张东昌

彼时年华
吕广波 著

出版发行：黑龙江人民出版社
地　　址：哈尔滨市南岗区宣庆小区 1 号楼
邮　　编：150008
网　　址：www.longpress.com
电子邮箱：hljrmcbs@yeah.net
印　　刷：北京一鑫印务有限责任公司
开　　本：889×1194　1/16
印　　张：15
字　　数：130 千字
版　　次：2018 年 4 月第 1 版　2020 年 6 月第 2 次印刷
书　　号：ISBN 978-7-207-11321-4
定　　价：58.00 元

如水的时光匆匆而过，如寄无痕。无情的岁月悄悄流逝，去无踪迹。保存着最好的方法是把酱酱酿成酒。保存岁月最好的方式是致力于把岁月变成永恒的诗篇、我书画卷。二〇一八年的春天，是注定要写入我人生画卷上的风景。在这个春光明媚的日子里，彼时年华与我相约。

戊戌年初春广德书

如水的时光匆匆而过，如梦无痕，无情的岁月悄然流逝，去无踪迹。保存葡萄最好的方法是把葡萄酿成酒，保存岁月最好的方式是致力于把岁月变成永恒的诗篇或画卷。2018年的春天是注定要写入我人生画卷的，因为在这个春光明媚的日子里，此时年华与我相约。

序

吾有一弟乃广波，心胸豁达性豪泼。
打拼数年业已著，笔舞人生不蹉跎。

出书的目的有很多，其中之一是为了纪念。

纪念自己，纪念那些度过的日子，不使自己的过去消失，免得那些日子成为空白。那些日子里，有过温暖的时辰，有过在文字天地间的劳动，有过向着内心愿望的贴近和迈进。把那些日子集结起来，放进一本书里，进而放在眼下的日子里，能看得见摸得着，甚至拿得起。

这是一种美好的努力。

广波出书，邀我作序，颇有些诚惶诚恐。虽一生舞文弄墨，为他人著作写序，尚属首次。由于神交多年，早已是默契会心的朋友，一声“大哥”唤了多年，融进太多的真情、理解和信任，只好捉笔担纲了。

我喜欢作者的散文。广波才气漫溢。他的散文，有着来自山林乡野的淳朴和才情，他有一颗敏感而善于思考的心。文章在行云流水、大开大合之间，感触着心灵的律动。我仿佛看到，承载着那些悠远逝去的风风雨雨及生命轮回，或抒怀，或回顾，或展望，因情而发，因事而作，使原本平实的叙述在瞬间得以升华，从而撑起一片广阔的天空。这些文字都是情真意切的记叙，如果没有对于人生深刻、独到而又细腻的感悟，抑或没有深厚的文学艺术涵养，以及本人在创作上的灼灼才华，是不可能写就的。

我喜欢作者的杂文。广波注重生活经验和知识的积累与开拓，不断扩大生活视野和知识面。他用文学的形象和文学的语言阐发事理，所以读起来有一种酣畅淋漓的感觉。如一些我们司空见惯的事情，他则无不信手拈来，进行具体分析，然后引申出一个道理，行文妙趣横生、尖锐泼辣、幽默风趣，言辞机警，给人以启发和教育。如果不是饱含对生活的热爱、对生活的细微观察、对境界的追求，这种功力是难以达到的。

我喜欢作者真实的性情。广波是从偏僻山村走过来的，是从乡间小路走过来的，是一路艰辛走过来的。这部文集，正是他才识、性格和成长轨迹的见证。其为人坦诚、聪颖智慧、思维活跃、有情有义。

文如其人。文字的背后，立着的则是人。一个人的性情又决定了他文章的真实和洒脱，读来亲切、自然，没有半点矫情。广波现在又在练习书法，偶尔也吹一两声笛子。这种多方位的涉猎，很让人心生羡慕，这种不曾改变的执着，不能不让人钦佩。

广波是个不甘寂寞的人。2009年起步入商海，正是由于他拥有深厚的文化底蕴，使生意做得风生水起。虽然弃笔近10年，但近期发表的几篇文章，仍然显得酣畅浑厚，波澜老成，笔力不减当年。

这部书籍中许多文章中的内容，虽事过境迁，但仍觉很有新意，仍让人得到许多教益。通过文字的记录，让自己的生命过程留下可感可触的痕迹和美好的记忆，应该是值得尊敬的。

连增祥

2018年春

我想再多爱他一些

半生岁月擦肩而过，如春日落英了去无痕，他只想在雪夜拥衾读一本旧书，而我只想再多爱他一些，让曾经意气风发，而今垂垂老矣的他慢一些、再慢一些老去……

常回想十六个春秋里自己留下的点点滴滴，而第一个忆起的，便是父亲。父亲是一个在中华传统文化里扎根并在其中蓬勃生

长的人，他对平常人认为的枯燥的文学，总是情有独钟。

他是一个传统意义上的父亲——严格。“除了学习这种原则性的问题，其余什么要求老爸都满足你！”他时常把我逼紧了还会念叨两句：“孩子，我并不是一味地要你成绩有多好，只是希望你将来会有更多的选择。”

他往往也会自称是很开明的慈父，然后笑得得意，一脸孩子气地瞅着我。

自我三岁记事起，他便“儿子、儿子”地唤我，或许是希望我像男孩子一样坚强、果敢吧！

也正是那时，我常在父亲看书时蹿到他面前，他总习惯性地用胳膊弯儿将我搂进他怀里，用两句开玩笑的话与我侃侃而谈，然后指着书上的某个地方：“温馨是初春河上飘过的第一丝草垡，是暮晚天际的飞鸿……儿子啊，等你长大后，一定要好好读书……”

长大后，可能真的是受到父亲的影响，我和父亲的做事风格也颇为相似：洒脱、坦荡……

父亲酷爱文学，他总能用真诚且细腻的语言来描绘我们周围的人和事，他的文笔也总是透露出丝丝淳朴的乡情，一如他的做人：质朴、沉稳。

父亲出版他的作品集，邀我写序，颇感震惊和喜悦，在如此才华横溢又刻苦勤奋的老爸面前，简直是班门弄斧了！

父亲最爱鲁迅的《朝花夕拾》，而我也由此得感——彼时年华。又荣幸地为老爸的作品集起了书名，希望我可爱的老爸喜欢！

感恩父亲带我走过的每一条路，还将有更多的愿望陪伴老爸实现……

吕 齐

2018 年春

目 录

散文篇

春天的遐想 /3
乡情 /6
炊烟 /9
母亲 /12
四季随想 /15
父亲的旱烟袋 /18
独处是境界 /22
心的絮语 /25
回味当年烧饼香 /27
心怀美好 /30
母亲的铜顶针儿 /33
女生 /36
亲情伴远行 /39
寄语同窗 /42
秋思 /45
难忘的舞会 /48
生活的目标不只是得到赞许 /51
一张贺卡 /54
单身生活的日子 /56
承受重复 /60
回家过年 /62
独自品茶 /64
思念无眠 /67
乡音 /69

故乡的眷恋 /72
感谢孤独 /75
年，美丽的乡愁 /77
写在分手 /80
雪韵 /83
旧梦无须重温 /86
岁月感怀 /90
学会等待 /93
努力，在路上 /96
朋友 /99
生活，是一树花开 /102
等待，是最初的苍老 /105

杂文篇

一碗炸酱面与订单 80 万 /111
从“两森”看廉洁 /113
一分钱毕竟是钱 /115
麦当劳的厕所不收费 /117
仅有“忌语”是不够的 /119
爱子贵在教 /121
比金子还重要的是健康 /124
如此“减肥”不可取 /127
换个角度思考如何 /129
要培养孩子自立 /131
别只为自己活着 /134
忠告“馈赠”者 /136
培养孩子的成功感 /139
软硬兼施推动精神文明 / 141
服务也要有艺术 /144
有“功”切莫大家抢 /146

守住自己 /149
多一些真诚　少一点承诺 /152
活出一个自己来 /155
感悟华盛顿搬石头 /157
给后人留下什么？ /160
有感于“霍利菲尔德耳朵” /163
有感于“商海弄猫” /165

新闻篇

美的探索者 /171
——记青年画家吴耀伟
桦林公司医院抓医德医风重实效 /174
买货竟被熟人宰 /176
没有翅膀的天使 /177
吴芹，你活得好辛苦 /179
妈妈病入膏肓　女儿昏倒学堂 /183
小兄妹撑起沉重的家 /185
电送教师楼　情暖园丁心 /189
互利村被命名为市级文明村标兵 /190
姑娘失意投江，青年冒死相救 /191
还我清清牡丹江 /192
强化职业道德，主动接受监督 /196
面对歹徒，奋不顾身 /198
抢熟人头上，栽了 /201
白衣天使拾金不昧 /203
桦林镇抢前抓早备春耕 /205
爱心无限的好主席 /207

后记 /210

散文篇

SAN WEN PIAN

春天的遐想

一年四季中，我最爱的是春天，春天是一个鲜活的季节，也是一个靓丽的季节。在这个万物萌动的季节里，带上背包，沿着春的足迹，踏进大山的怀抱。看着燕子鸣叫着回归屋檐之下，看着山涧淌下了清澈的泉水，看着柔柔的风开始婆娑绿叶，心就会无声地泛起波澜，仿佛一曲天籁奏在耳间，久久不能散去。

万物经历整整一个冬季的沉睡后，以全新的姿态在春天苏醒，精力充沛，活力四射，一草一木都在奋力绽放自己的风姿，将一抹充满生命力的绿涂满山川大地。就连那最不起眼的无名小花，也尽其所能地争先绽放在

田野、在林间、在路旁，一朵朵无名小花，将一条条小路点缀得春色无边，绚丽迷人。

春天是一个令人遐想的季节，也是一个充满希望的季节。春风细雨的柔情蜜意，造就了婀娜多姿、婉约靓丽的美好春天，绘就了景色怡人的画面与文字。

其实，春天在人们心中不是某个特定的时间，也不是什么特殊的季节，它更是一个符号，它象征着那永不止步的新生，而不是日渐消退的旧念；它象征着那不可磨灭的希望，而不是悲天悯人的祈祷。人们对春天的向往，也许不仅仅是那一抹新绿，更确切地说是一种感慨或是敬畏。

当岁月的新容在阡陌下又见芳菲，当春天的脚步在天地间再次律动，春天正向纵深走来。春天，总是在弱小中开始，对抗着寒冷，融化着积雪，以它的柔弱赶走强悍的冬，凭着执着，最终让大地铺满绿色，让江河欢快奔腾，带着温润浪漫的情怀走进人们的生活。

春，洋溢着热烈的激情，澎湃着盎然的生机，绽放着生命的张力，春光灿烂，春风拂面。每个人心里都有一个春天，在这个季节里攫取一份安静，独自漫步在春意浓浓的田野，品味春天的气息，沐浴着春风的轻柔，徜徉在春天的怀抱里，在春光四射的天地间收集一份暖意，揉进一缕馨香的宁静里，细细品味，一种陶然自乐的微醉弥漫开来，心融融，意绵绵，一切的烦恼与不快都飘飞至九霄云外，让萌动的春意在心间渐渐安稳幽居，把一份静与暖悉心典藏，让春永驻心间。

一年有四季，那人生呢？我认为人生即是轮回。所以，人生的春天不就是青春的岁月吗？青春，是一个播种希望的季节，一个把甜蜜和痛苦都揉进梦里的季节，一个向人生又一新的领域攀登的季节。当这个季节来临的时候，谁也无法拒绝，谁也无法回避，一切都是充满喜悦与激情的。它不仅涌动着执着的血液，还点燃了火热的生命……

乡 情

在远离故乡的城市里工作，每年只有春节放假时才能回到故乡那个偏僻的小山村。尽管那里还不很富裕，不通汽车，不通火车，没有自来水，没有有线电视；尽管偏僻的小山村几乎是现代文明之风吹不到的地方，缺少时尚元素，但那里让我魂牵梦绕，只有回到那儿，我才能真正感到踏实和幸福。那里有童年的欢乐、少年的足迹、至爱的亲人、善良的乡亲、浓浓的乡音、甜甜的乡情。

为老百姓服务的报纸

牡丹江晨报

2008年7月3日

星期四（农历戊子年 六月初一）

MUDANJIANGCHENBAO

乡情

吕广波

在远离故乡的城市里工作，每年只有春节放假时，才能回到故乡那个偏僻的小山村。尽管那里还不很富裕，不通汽车，不通火车，没有自来水，没有有线电视，尽管偏僻的小山村几乎是现代文明之风吹不到的地方，缺少时尚元素，但那里让我魂牵梦绕，只有回到那儿，我才能真正找到踏实和幸福。那里有童年的欢乐，少年的足迹，至爱的亲人，善良的乡亲，醇浓的乡音，甜甜的乡情。

由于工作关系，每次回故乡最多只能呆三五天，而每次离开故乡，都让我真切地体会一次什么是真正的温暖，什么是真正的感动！由于我家住的村子不通车，每次离家返城时，都是天刚蒙蒙亮就出发，先走一段冰雪覆盖的小路，然后才能到公路旁等车。每次都是邻居或儿时的伙伴驾着农用车，和父母、兄弟把我送到等车的地方，迎着寒风，站在冰天雪地中，陪我等车，有时车晚点一等就是一个多小时，直到我上车，他们才依依不舍地目送汽车离去。每次在告别亲友的那一瞬间，我都无限感慨：生活在这里的人们，他们常年与辽阔的黑土地为伴，胸怀也变得像黑

年少时那颗曾经躁动的心，总以为外面的世界很精彩，总认为故乡那个封闭落后的小村庄，会束缚自己的发展。多年以后才明白，外面的世界确实很精彩，孤身一人在外面闯荡，听起来既浪漫又令人向往，其实，有谁知道我经历了多少艰辛和无奈呢！虽然生活已经融进了城市的节奏，但是每当我疲惫和酸楚的时候，完全可以忘却的是一切虚无缥缈的荣华，唯有养育自己的那片沃土始终镌刻在脑海里。

乡情是一条长长的、无形的思线，一头系着我，一头牵着故乡，羁绊了游子的脚步，萦绕在思念的心头。乡情是一条潺潺流水的小河，那涓涓细流永远缓缓地流进游子的心房。

由于工作关系，每次回故乡最多只能待三五天。而每次离开故乡，都让我真切地体会一次什么是真正的温暖，什么是真正的感动！由于我家住的村子不通车，每次离家返城时，都是天刚蒙蒙亮就出发，先走一段冰雪覆盖的小路，然后才能到公路旁等车。每次都是邻居或儿时的伙伴驾着农用车，和父母、兄弟把我送到等车的地方，迎着寒风，站在冰天雪地中，陪我等车，有时车晚点，一等就是一个多小时，直到我上车，他们才依依不舍地目送汽车离去。每次在告别亲友的那一瞬间，我都无限感慨：生活在这里的人们，他们常年与辽阔的黑土地为伴，也变得像黑土地一样淳朴、善良……

年少时那颗曾经躁动的心，总以为外面的世界很精彩，总认为故乡那个封闭落后的小村庄会束缚自己的发展。多年以后才明白，外面的世界确实很精彩，孤身一人在外面闯荡，听起来既浪漫又令人向往，其实，有谁知道我经历了多少艰辛和无奈呢！虽然生活已经融进了

城市的节奏，但是每当疲惫和酸楚的时候，完全可以忘却的是一切虚无缥缈的荣辱，唯有养育自己的那片沃土始终镌刻在脑海里。

乡情是一条长长的、无形的“思线”，一头系着我，一头牵着故乡，羁绊了游子的脚步，萦绕在思念的心头。乡情是一条潺潺流水的小河，那涓涓细流永远缓缓地流进游子的心房。

（载于 2008 年 7 月 3 日《牡丹江晨报》）

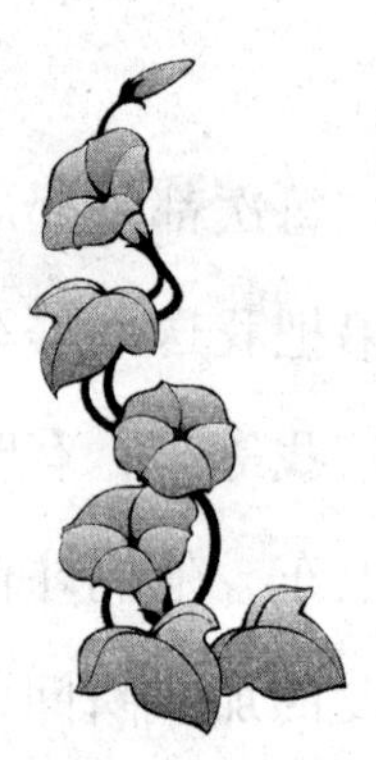

炊　烟

再次回到黄昏的暮色里，那些缭绕在村庄上空的炊烟还在，它的影子多少年来一直漂浮在我的心中，久久不能散去。随着年龄的增长，特别是遇到坎坷和挫折时，不知多少次梦回故乡，徘徊在故乡上空，久久俯瞰着阔别多年的山村。看乡邻从田间劳动归来，牧人赶着牛羊从山坡放牧归来，向小村庄奔去，村庄的上空弥漫着菜肴的香醇味道，空气中飘散着喜悦和温馨。

年轻时总是想离开故乡，总觉得这片土地贫穷落后，总觉得自己是生在鸡窝里的凤凰，总觉得外面的世界无限精彩，于是义无反顾地背起简单的行囊，在某个清晨

或者黄昏，头也不回地像勇士出征一样，离开了故乡。有些人出去后就再也没回来，路没有尽头，他们越走越远。最初，是因为梦想和渴望走向远方，后来是因为想着归来而走到了远方……

每个人都有一条村外的路。在村外的山间、田野，那些属于他们的路，细小如线，或平平坦坦，或弯弯曲曲，伸向远方，看不到尽头，和岁月一样漫长。一个又一个清晨，一群又一群孩子走出山村，走向自己的路；一个又一个傍晚，一群又一群游子走出山村，踏上自己追梦的路。他们在不停地向前追赶，在追梦的路上舍不得搁下每一个清晨和傍晚，将故乡抛在遥远的身后。

然而，他们是否还记得故乡的炊烟?

炊烟是故乡的一道风景，它从小村上空深处升起，飘逸缭绕；炊烟更是缕缕乡情，让漂泊异乡的人魂牵梦绕。炊烟是村庄里的时钟，传递着劳作和休息的信息。炊烟因裹挟着乡情，便多了一份亲切与温馨，饱含着乡情的炊烟里，蕴藏着乡亲、故土、庄稼这故乡的三宝。故乡的炊烟是故乡薪火相传、血脉承袭的象征，一代代、一家家、一户户的炊烟，形成了一幅和谐的农村山水画，也是乡间宁静、平和的生活状态。

有些人离开故乡，再也没有见到故乡的炊烟，像炊烟一样飘向远方，像雾一样笼罩着异乡城市的上空。在远方，他们听到了母亲呼唤他们回家吃饭，在冥冥之中看见黄昏里站在村口等待自己归来的母亲，母亲在日复一日的炊烟升起中渐渐老去，而她的身影是瘦小而又伟大的，于是他们泪流满面，深沉的夜色吞没了黄昏，只有星光隐藏在岁月深处……

故乡的炊烟伴我成长，我对故乡的炊烟情思绵绵，多想变成一缕轻柔温馨的炊烟，飘回故乡，沉醉在故乡的怀抱。

母　亲

母亲的生日要到了，每年的这个时候我都更加思念远在千里的母亲，随着年龄增长，这种思念之情日渐深刻。

母亲是位普通的农家主妇。与那些同辈的农民一样，没有上过学，漫长的生活中母亲饱尝了没文化的苦头，她把一切希望都融在了儿女们身上。

母亲对孩子的错误从不迁就。刚上小学的时候，母亲经常检查我的作业本，虽然母亲不识字，但母亲认得

牡丹江日報

13——14

1996年10月26日 星期六 农历丙子年九月十五 第11637号

母亲

□吕广波

母亲的生日要到了，每年的这个时候我都更加思念远在千里的母亲，随着年龄增大，这种思念之情日渐深刻。

母亲是位普通的农家主妇。与那些同辈的农民一样，没有上过学，漫长的生活中母亲饱尝了没文化的苦头，她把一切希望都融在了儿女们身上。

母亲对孩子的错误从不迁就。刚上小学的时候，母亲经常检查我的作业本，虽然母亲不识字，但母亲认得对号和100分。记得读小学二年级的那年夏天，课堂上没有认真听老师讲课，作业本上出现了差号，被母亲发现了。母亲很伤心地批评了我，还拿着作业本给父亲看了，父亲正在编筐，于是操起手中的柳条子，在我光着的脊背上狠抽了几下，我哭了好一阵子，直到我的哭声停止，母亲才抚摸着我红肿的脊背显出心疼的神色。并告诫我以后不要贪玩儿，母亲语重深长地对我说"咱们家上辈子没有一个读书人，爸妈这辈子饱尝了睁眼瞎的滋味，妈只盼你能好好念书也算为咱们家，为妈妈争口气。"那次因父亲的责打和母亲的教诲，以后我再也没有因为学习上的事被父母责怪过！

三年的初中念得很苦，每天来回跑十多里路，每天早晨母亲都早早地起来给我做饭，不管多晚回家，总能吃上热乎饭菜。家境贫困，姐姐们都相继辍学了，而我一直有幸念完了初中。毕业后的第一次落榜，使我陷入了极度的痛苦之中。父亲体弱多病，母亲也因长期积劳成疾得了肺病，我因此失去了再上学的希望。邻里们劝母亲让我在家务农也好减轻家庭负担，但母亲对我说："跌倒了要爬起来，咱们人穷但活得要有口志气，妈苦点累点不要紧，只要你能把书念好，妈就是借再多的外债也要供你上学。"

几天后我带着母亲东挪西凑的学费含泪告别了那个生活了十七年的贫穷但温暖的家。临行母亲送我到村口，"学习要安心，别想家，穷家没啥想头儿，只要你把书念成了，妈就放心了。"

转眼八年过去了，我离开家乡，在异地工作之余总记起母亲为我做的一切，今在母亲生日之时寄一份游子之心，于匆匆岁月中表达一份祝福。

对号和100分。记得读小学二年级的那年夏天，课堂上没有认真听老师讲课，作业本上出现了差号，被母亲发现了。母亲很伤心地批评了我，还拿着作业本给父亲看了。父亲正在编筐，于是操起手中的柳条子，在我光着的脊背上狠抽了几下。我哭了好一阵子，直到我的哭声停止，母亲才抚摸着我红肿的脊背显出心疼的神色，并告诫我以后不要贪玩儿，母亲语重深长地对我说："咱们家上辈子没有一个读书人，爸妈这辈子饱尝了睁眼瞎的滋味，妈只盼你能好好念书，也算为咱们家、为妈妈争口气。"那次经历了父亲的责打和母亲的教诲，以后我再也没有因为学习上的事被父母责怪过。

三年的初中念得很苦，每天来回跑十多里路，每天早晨母亲都早早地起来给我做饭，不管多晚回家，我总能吃上热乎饭菜。家境贫困，姐姐们都相继辍学了，而我有幸念完了初中。毕业后的第一次落榜，使我陷入了极度的痛苦之中，母亲也因长期积劳成疾得了肺病，我因此失去了再上学的希望。邻里们劝母亲让我在家务农，也好减轻家庭负担，但母亲对我说："跌倒了要爬起来，咱们人穷，但活得要有口志气。妈苦点累点不要紧，只要你能把书念好，妈就是借再多的外债也要供你上学。"几天后，我带着母亲东挪西凑的学费含泪告别了那个生活了十七年的贫穷但温暖的家。临行，母亲送我到村口："学习要安心，别想家，穷家没啥想头儿，只要你把书念成了，妈就放心了。"

转眼八年过去了，我离开家乡，在异地工作之余总记起母亲为我做的一切，今在母亲生日之时寄一份游子之心，于匆匆岁月中表达一份祝福。

（载于 1996 年 10 月 26 日《牡丹江日报》）

四季随想

时光就是这样，不会因你的无限挽留就停止无情的脚步。有人说冬天百花凋谢，没有春天的绚丽、夏天的热情、秋天的豪情。其实每个季节都有自己的特点和坚守，都有值得我们欣赏和留恋的理由。不管是几月，每段时光都是最好的，每天都是最美的，趁着美好的时光去追寻，这就是我们奋斗的理由……

春天，在花还没有开的时候，春风、春雨作为春天的使者，就分别来到人间，它们的深情呼唤，唤醒万物。春早已酝酿了满树的新蕾。生命的姿态其实也如同花的妩媚，生命的品质亦如花的芬芳。花有一百个理由让生

命高贵，生命就有一千个理由如花般绚烂……

夏天，是百花盛开的时节，夏花美得动人，美得动情。夏季的花，让人感受到了心灵的美和自然的美，是一种达到极致的过程；夏季的花，让人体会到心中各种各样的情怀，是怎样在窒息的美丽中慢慢荡漾开来的。初夏的傍晚，人们感受到的是清新怡然，踏着夕阳的余晖漫步是惬意的美。

秋天，夜幕降临，秋风吹过，雨滴在风中起舞，恰似万缕银丝划过天际。灰蒙蒙的天空下，深绿色的树叶点染了些许金黄，成了这个季节一道独特的色彩。秋后的夕阳显得那么静美，那么安逸，仿佛静得一尘不染。一副秋后的夕阳图，最终落在遥远的天际，谁也不能主宰岁月的变迁，只能在这秋水长天里，等待季节的轮换。事实上，每个人心里都有一杆衡量岁月深浅的秤，匆匆的时光其实是有痕迹的，在你花白的头发上，在你眼角的细纹里，亦在你温柔的目光里……

冬，秋的隐归。十二月的夜，像雪一样寂静苍白。

十二月，岁暮天寒，却有最动人的情怀。雪，不愧为冬的伴侣，在这个冬季，我们经常看到冬与雪相依相偎，披着洁白的外衣，迈着轻盈的舞步，踏着舒缓的节奏，与冬紧紧相随，载着对岁月的留恋，挥洒着多彩的斑斓……光阴深处的那些心语，在青冽寒冷的星辰里低诉，让心室染遍温柔……

岁月留不住，仿佛春暖花开刚过，恰似昨天，历历在目，一转身已是满目萧条。四季更迭，一年又一年，在你悠然或忙碌中匆匆而过，四季的变幻留下的是记忆，难忘的记忆里有你奋力追求的梦想，有你温馨的情怀，有你曾经流过的泪水与汗水，更有你的心酸和情愁，都是你一生的印记……

岁月是一江春水、一束阳光、一片红叶、一朵雪花，岁月是一滴泪珠、一抹笑颜、一缕银丝、一道皱纹，岁月是一个又一个平凡而真实的日子。岁月无言，岁月无情，只要我们真诚相待，拥抱岁月，就会得到岁月的回报，就会得到岁月给予的真情回馈。

父亲的旱烟袋

父亲是地地道道的农民，一生没有离开故乡的黑土地。如今已是年近古稀，依然天天坚持在他的黑土地上做着农活。

老人家的身体特别硬朗，一顿的饭量委实是我的两倍，每次回老家在一起吃饭时，他总是说我太缺乏锻炼，吃饭都没有劲儿。

我还是在长大以后才听村里的人说，父亲读过书，年轻的时候曾经在村里当过会计，在我们那个小村子也算是有点儿文化的人。

MUDANJIANGGUANGBODIANSHIBAO

牡丹江广播电视报

父亲的旱烟袋

百姓周刊

生活

2009 4

他为什么不在村里当会计了？每次我问起，他总是说："那都是多少年的事儿了，提那些干什么。"

后来还是母亲为我揭开了谜团：原来父亲在做会计时，生产队干部让他做一份糊涂账，父亲坚决不肯，就这样，父亲便被村干部"炒鱿鱼"了。听母亲说，父亲不当会计之后，便和烟袋结下了不解之缘。

我从小是看着父亲的烟袋长大的，但是我对父亲的烟袋实无一丝好感。小的时候出于好奇，父亲抽烟时我总爱去摸父亲的烟袋锅，烟袋锅无数次毫不客气地烫过我的手。

有一首东北民歌叫《新货郎》，歌词对东北的烟袋做了形象的描写："汉白玉的烟袋嘴，乌木的杆，还有那铮明瓦亮的烟袋锅……"父亲的烟袋俨然没有歌中唱的那么好。烟袋杆是竹子的，烟袋锅是铜的，很亮。想

起父亲的旱烟袋，首先想到的就是父亲经常说的一句话：“饭后一袋烟，赛过活神仙。”其实父亲并非只有在吃饭后才抽烟袋的。

记得小时候，每天天刚蒙蒙亮，睡眼蒙胧的我便在黎明的黑暗中，看见忽明忽暗闪闪烁烁的父亲的烟袋锅。他总是把烟袋锅里装上满满的烟，然后点燃，大口大口地抽着，抽完一袋，抬起脚用鞋底磕磕烟灰，然后走出屋子，担水、劈柴、扫院子。做完这些活儿之后，他才叫我们起来吃饭、上学。

在无数个深夜里，我突然醒来时，也能看见父亲孤独地叼着烟袋大口大口地抽着烟……

长大后听母亲说，小时候家里穷，父亲要撑起一个七口之家，他每天都在为全家人的生计奔忙着，因为生活负担重，要考虑的事儿多，所以父亲常常在夜深人静时谋划着一家人的未来，而此时陪伴他的只有他的烟袋……

多年以后，我们姐弟五个都离开了父母，在不同的地方成家立业。随着生活的逐步好转，每次回家我们都劝说父亲，不要再用烟袋锅抽烟了，他总是说纸卷的烟没劲。

在我们的一再劝说下，父亲终于依依不舍地把烟袋收藏起来。但他一直不抽用纸卷的烟，更舍不得花钱买好烟抽，他抽得最贵的烟是两元一包的。我们姐弟五个无论谁回家时，都要给他买上几条好点儿的烟，他总说我们乱花钱，他说什么牌子的烟他也抽不出好坏，什么牌子的烟都不如他的烟袋好……

（载于 2009 年 4 月 3 日《牡丹江广播电视报》）

独处是境界

从卫校毕业后，分配到远离故乡千里的小城工作。刚参加工作时，住的单身宿舍是一幢三层楼，名叫“独身大楼”，楼里住的都是和我一样的人，刚毕业或近几年毕业，家不在本地的大中专毕业生，拿现在时髦的话说叫“单身狗”。

回想那个时候，虽然工资低，日子过得清苦，但也充满无穷的乐趣。那时喜欢热闹，愿意凑热闹，一下班回到宿舍，就三三两两地相约去饭店吃饭。说是饭店，其实也不是高档酒店，就是一些小吃铺罢了，有时去一些小的羊肉串店，点几个小菜，要几串羊肉串就开始吃喝，喝的酒都是价格低廉的白酒。即便如此，一个个争先恐后的，不管有没有酒量，都使劲地喝，真可谓是海喝狂侃，然后在酒精的作用下，胡说八道，天南地北的，仿佛上知五百年，下知五百年。如果某一天，听说某人请身边的哥们吃饭，而没请自己，感觉很生气，很没面子，感觉自己很孤单，好像自己没朋友似的……

时光荏苒，如白驹过隙。转眼二十几年过去了，人到中年，现在喜欢独处，喜欢静。静下心来仔细想想，人这一辈子有多少事是需要在酒桌上谈的呢？有多少事是需要喝酒才能办的呢？酒桌上的朋友有几个是知心的朋友呢？百分之九十的饭局是没有意义的，但是并不是所有人都能抽身于灯红酒绿的世界。

独处是一种能力，要承受寂寞和孤独。一个人的日子，心才能真正静下来，才能认真思考心里的所爱所恨。

人心，总是需要净化的，同时，也要得到新的补充。独处的日子里，才能静下心来想想哪些是自己需要的，哪些是无关紧要的，哪些是多余的；独处的日子里，才能想想自己走过的路，哪些事办错了，应该汲取什么样的教训，今后该怎么办！

有怎样的年龄，就有怎样的人生使命；有怎样的年龄，就有怎样的处世心境。一个人由青涩到成熟，除了自身的修炼，还必须有时光的打磨、岁月的锻造。半生醒了是中年，少年是铁打的，中年是水做的，我们不再如从前那样豪迈和果敢。半生醒来是中年，见过许多薄情寡义的人，赴过许多无聊透顶的宴，听过许多一挤能挤出水的虚伪的话，经历过勾心斗角、尔虞我诈，终于不再喜欢高朋满座，只爱独处。

古人云："三十不豪，四十不富，五十将相寻死路。"人到中年，容颜改，两鬓白发，上有年迈的父母，下有年幼的孩子，我们在中间是前不着村后不挨店，小心翼翼，不敢任性，不敢糊涂。人到中年，应该看懂了一切，看淡了一切。人到中年，有的人功成名就，有的人颗粒无收。无论成败，用一颗平淡的心去看待，在平淡中感受真实才是美好的人生。

心的絮语

当岁月的年轮在心的轨迹上再次碾过，蓦然回首间，光阴如滑过指间的流水，没有任何的痕迹，生活在嘈杂喧嚣的世俗里，奔波于忙忙碌碌中，让人疲惫不堪又委实无奈，一颗已不再年轻的心随着日历的翻过，而愈加显得衰老。

生活中有时候真的需要一个驿站，当你疲惫乏累时稍作歇息；有时更需要一盏灯，书桌前夜深时整理你的心情。像所有的年轻人一样，对生活也曾怀有一份愚诚，并尽全力使之充满色彩。当内心深处已觉一切皆空时，对生活的品味又不敢苟同。有人说生活是铁杵磨针，点

2002 年 4 月 23 日

牡丹江广播电视报

心的絮语

穆棱 吕广波

当岁月的年轮在心的轨迹上再一次辗过，蓦然回首间，光阴如滑过指间的流水，没有任何的痕迹。生活在嘈杂喧嚣的世俗里，奔波于忙忙碌碌中，让人疲惫不堪又无奈，一颗已不再年轻的心随着日历的翻过，而愈加显得衰老。

生活中有时候真的需要一个驿站，当你疲惫之累时稍做歇息；有时更需要一盏灯，书桌前夜深时整理你的心情。象所有的年轻人一样，对生活也曾怀有一份憧憬，并尽全力使之充满色彩，当内心深处已觉一切皆空时，对生活的品味又不敢苟同。有人说生活是铁棒磨针，点滴的岁月就会慢慢消蚀了你年少时的锋芒，于是你不再直言不讳，学会了书本上没有的奉承，这时有人说你长大了，变得老成了，可又不能不承认这是件可悲的事情！当名誉、荣辱、利益、权力充满着你的大脑时，你已经失去了平淡和从容。欢乐是人生追求的最高境界，一个人要永保一颗欢乐的心实属不易，须在经历无数痛苦，品尝无数忧伤后，才会深有体味，健康的心灵才是人生的真谛。

人生是一系列的挑战，生活的节奏并不随人的主观愿望而跳动，当往日的天真被世故所替代，人生的希冀似乎也随之而去！生命的意义并不在于终点的目标，伟人的终点与凡人一样西去，然而人生的乐趣在于追求过程，懂得了这个道理，就会切实把握每一个短暂的过程。

滴的岁月会慢慢销蚀你年少时的锋芒，于是你不再直言不讳，学会了书本上没有的奉承，这时有人说你长大了，变得老成了，可又不能不承认这是件可悲的事情！当名誉、荣辱、利益、权力充盈着你的大脑时，你已经失去了平淡和从容。欢乐是人生追求的最高境界，一个人要永葆一颗欢乐的心实属不易，须在经历无数痛苦，品尝无数忧伤后，才会深有体味，健康的心灵才是人生的真谛。

人生是一系列的挑战，生活的节奏并不随人的主观愿望而跳动，当往日的天真被世故所替代，人生的希冀似乎也随之而去！生命的意义并不在于终点的目标，伟人的终点与凡人一样西去，然而人生的乐趣在于追求的过程，懂得了这个道理，就会切实把握每一个短暂的过程。

（载于 2002 年 4 月 23 日《牡丹江广播电视报》）

回味当年烧饼香

小的时候家在农村，一日三餐全是粗粮，只有逢年过节或家里来了重要客人才能吃一次细粮。记得有一年临近春节，父亲领着我，用爬犁拉着一头小猪到离家八里路的镇上赶集，准备用卖小猪的钱买些年货。到了集市后父亲找个地方把爬犁停下，等待买主的到来。这当口，一缕烤饼的幽香徐徐向我们袭来，我馋得几乎流出了口水。父亲说："等把猪卖了，爸爸领你去吃烧饼。"我乐得直蹦，就盼着买主早点儿到来。快到中午的时候小猪终于被卖了出去，父亲满脸笑容，把钱装进兜里，拉着我的手说："走吧，咱们去吃烧饼。"

牡丹江廣播电视報
MUDANJIANG GUANGBO DIANSHIBAO
牡丹江新闻传媒集团主办 2009年1月31日 总第1049期 国内统一刊号:CN23—0078 预告2009年2月2日——2009年2月8日节目 逢周六出版

回味当年烧饼香

吕广波

小的时候家在农村，一日三餐全是粗粮，只有逢年过节或家里来了重要客人才能吃一次细粮。记得有一年临近春节，父亲领着我，用爬犁拉着一头小猪到离家八里路的镇上赶集，准备用卖小猪的钱买些年货。到了集市后父亲找个地方把爬犁停下，等待买主的到来。这当口，一缕烤饼的幽香徐徐向我们袭来，我馋的几乎流出了口水。父亲说："等把猪卖了，爸爸领你去吃烧饼"。我乐得直蹦，就盼着买主早点儿到来。快到中午的时候小猪终于被卖了出去，父亲满脸笑容，把钱装进兜里，拉着我的手说："走吧，咱们去吃烧饼。"

吃烧饼的地方是镇上唯一的一家饭店，父亲把爬犁放在饭店的窗户外面，我和父亲靠近窗户找个小桌坐下。吃烧饼的人很多，大家都自觉地排着队，等了好半天父亲才买来四个烧饼，还买了两碗鸡蛋汤。父亲刚把饼放在桌上，还没等他允许，我就急不可待地抓起一个烧饼大口地吃了起来。父亲说："慢着点、慢着点。"然后父亲又把一碗鸡蛋汤放到我跟前嘱咐说："别光吃饼，一边吃饼一边喝汤，省得噎着。"我狼吞虎咽地只顾吃着烧饼，竟没喝出鸡蛋汤的味道，父亲用怜爱的眼光看着我，并不时用他那满是老茧的手为我轻轻擦去额头上的汗水，一边给我擦汗一边喃喃地说："好好学习，长大以后争取走出农村，你就可能天天吃上烧饼了！"

那顿饭，父亲只吃了一个烧饼，其余的三个烧饼被我风卷残云般吞了下去……那是我平生第一次去饭店吃饭，是我童年最美好记忆的一页，给我贫乏的童年生活增添了一抹亮色。饱食之后的我，伫立在饭店门口，仍久久不愿离去。似乎从此对生活的美好多了一份企盼……

如今三十多年已经过去了，每当想起那五分钱一个的烧饼，依然会感到从未有过的甜蜜和快乐。记得多年以后，回故乡过年，旧地重游，我和父亲去镇上赶集，但那个烤烧饼的国营饭店早已不在了，那地段已经盖起了两层小楼，一楼依然是饭店，二楼是超市。听说一楼饭店是当年烤烧饼那位师傅的儿子经营的，生意不错。我和父亲入得门去，要了鸡蛋汤，却无烧饼可卖，尽管小师傅继承了他父亲的手艺，烤出许多花样翻新的食品，叫人眼花缭乱，但似乎缺少些味道……

吃烧饼的地方是镇上唯一的一家饭店，父亲把爬犁放在饭店外面窗户下面，我和父亲靠近窗户找个小桌坐下。吃烧饼的人很多，大家都自觉地排着队，等了好半天父亲才买来四个烧饼，还买了两碗鸡蛋汤。父亲刚把饼放在桌上，还没等他允许，我就急不可待地抓起一个烧饼大口地吃了起来。父亲说："慢着点、慢着点。"然后父亲又把一碗鸡蛋汤放到我跟前，嘱咐说："别光吃饼，一边吃饼一边喝汤，省得噎着。"我狼吞虎咽地只顾吃着烧饼，竟没喝出鸡蛋汤的味道。父亲用怜爱的目光看着我，并不时用他那满是老茧的手为我轻轻擦去额头上的汗水，一边给我擦汗，一边喃喃地说："好好学习，长大以后争取走出农村，你就可能天天吃上烧饼了！"

那顿饭，父亲只吃了一个烧饼，其余的三个烧饼被我风卷残云般吞了下去。那是我平生第一次去饭店吃饭，是我童年最美好记忆的一页，给我贫乏的童年生活增添了一抹亮色。饱食之后的我伫立在饭店门口，仍久久不愿离去。似乎从此对生活的美好多了一份企盼……

如今三十多年已经过去了，每当想起那五分钱一个的烧饼，依然会感到从未有过的甜蜜和快乐。记得多年以后，回故乡过年，旧地重游，我和父亲去镇上赶集，但那个烤烧饼的国营饭店早已不在了，那地段已经盖起了两层小楼，一楼依然是饭店，二楼是超市。听说一楼饭店是当年烤烧饼那位师傅的儿子经营的，生意不错。我和父亲入得门去，要了鸡蛋汤，却无烧饼可买，尽管小师傅继承了他父亲的手艺，烤出许多花样翻新的食品，叫人眼花缭乱，但似乎缺少些味道 ......

（载于 2009 年 1 月 31 日《牡丹江广播电视报》）

心怀美好

每当看见“面朝大海，春暖花开”这八个字时，心中就会充满向往，仿佛内心有一艘小船，满载流光溢彩的梦，在茫茫大海上缓缓前行，驶向那个世外桃源。

人生中美好的事，大多不是靠金钱堆砌的，而是靠一颗从琐碎生活中发现美好的心，只要我们把眼前的生活过得有滋有味，你就生活在世外桃源了。

下班后，抑或休息的周末，泡上一壶清茶，那股清香沁人心脾，令人陶醉！夜幕降临时，手捧一本书，独坐灯光下，静静阅读，也会发现一行行文字会带你走入世外桃源。

在匆匆的上下班路上，只要你留心路边的小草、树木，便会发现小草正在发芽，有一树花朵正灿烂绽放，你会觉得生活充满了诗意和美好。

工作之余，陪父母聊聊天，陪孩子读书学习，都可以让自己从各种琐碎事物中逃离出来，感受到生命的美好。

不骗人、不坑人、不撒谎，对人以诚相待，老老实实做人，踏踏实实做事，你会发现你活得很轻松，你会感觉生活是美好的。活在虚伪中，活得谎言里，用谎言掩盖谎言，你会觉得每天都很疲惫，你永远都不会感受到生命的美好。

生活中从来不缺少美，只要你热爱生活，对生活中美好的事物心怀向往，把每一天过得认真仔细，用包容的眼光善待人生，你将减少许多烦恼。用幸福的脚印丈量生活，你就会步履轻盈；用坦诚的心去品味生活，你就会心情愉悦；用辛勤的劳动去创造生活，你就会觉得你拥有的生活很美好。

岁月如风，时间的车轮不停地转动，伴随着沉淀的时光，走过了花开的浪漫，踏过了落叶的枯萎，这些鲜艳的生命，都曾经那么美丽，那么芳香，都曾经是生活的美好。以一颗乐观、豁达的心去接受幸福，品味孤独，战胜挫折，你就会发现生活的美好。

不管社会多么复杂，无论现实多么喧嚣，总要给自己的内心留下一片空白；无论世界多么模糊，总是要留

一份清澈在心中。

心怀美好，是我们要培养积极的心态，也许工作很烦很累，但不要让自己的心也变得疲倦。也许你见过了太多社会的黑暗面，但不要因为那些个别的现象而扩大心理的阴影，要相信大部分人是善良的。

心怀美好，是希望能有一颗感恩的心，去感激别人为你所做的点点滴滴。这个世界上，没有人有义务一定要对你好，哪怕是生你养你的父母。别人对你的好你可以坦然接受，但不要熟视无睹，要知道，漠视和无端的情绪化终会拒绝所有关心你的人。

心怀美好，是所有人需要长期修炼的课程，生活一定要有晴有雨，不仅要懂得享受和煦的阳光，也可以去尝试体会雨天的浪漫情怀，相信内心散发出来的从容将使你变得优雅。

心怀美好，不仅是自身的一种境界，同时也会给别人带来美好的感受。

母亲的铜顶针儿

我出生在一个贫穷而偏僻的农村，母亲是地地道道的农民，和父亲共同撑起一个七口之家。母亲不识字，没上过学，没读过书。在我的记忆中，母亲从未给我们讲过大道理，但从我记事起，母亲对我们说得最多的就是简朴。母亲对简朴的理解，我时至今日也不甚赞许，但是却对我产生着影响。小时候母亲常对我们说："人不要过分地讲求吃穿，衣服破了不要紧，只要缝好了，洗得干干净净穿在身上，没有人笑话你。"几十年过去了，我想当年可能是家里穷的缘故，母亲才有那番朴素的道理吧。

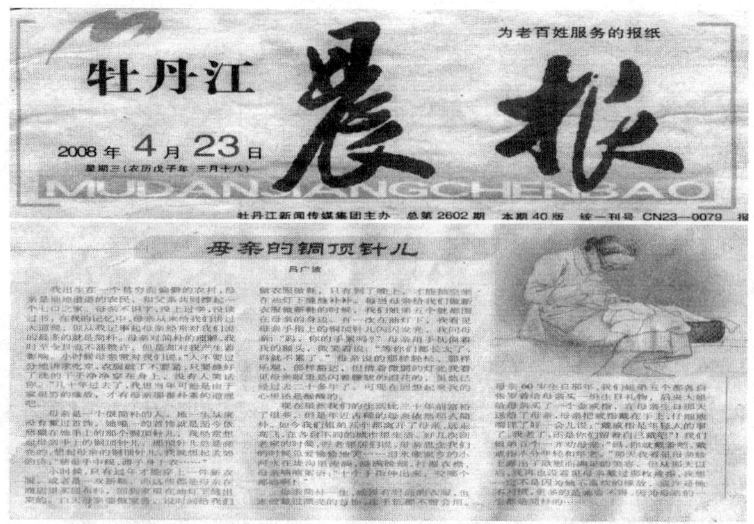
为老百姓服务的报纸

牡丹江晨报

2008年4月23日

星期三（农历戊子年 三月十八）

MUDANJIANGCHENBAO

牡丹江新闻传媒集团主办 总第2602期 本期40版 统一刊号 CN23—0079 报

母亲的铜顶针儿

母亲是一个很简朴的人，她一生从来没有戴过首饰，她唯一的首饰就是至今依然戴在她手上的那个铜顶针儿。我经常想起母亲手上的铜顶针儿，那顶针儿总是亮亮的。想起母亲的铜顶针儿，我就想起孟郊的诗：“慈母手中线，游子身上衣……”

小时候，只有过年才能穿上一件新衣服，或者是一双新鞋，而这些都是母亲从商店里买回布料，在油灯下缝出来的。白天母亲要做家务，没时间给我们做衣服、做鞋，只有到了晚上，才能抽空坐在油灯下缝缝补补。每当母亲给我们做新衣服、新鞋的时候，我们姐弟五个就都围在母亲的身边。有一次在油灯下，我看见母亲手指上的铜顶针儿闪闪发光，我问母亲：“妈，你的手累吗？”母亲用手抚摸着我的额头，微笑着说：“等你们都长大了，妈就不累了。”母亲说得那样轻松，那样乐观，那样豁达，但借着微弱的灯光，我看见母亲眼里是闪着朦胧的泪花的。虽然已经过去二十多年了，可现在回想起来我的心里还是酸酸的。

现在虽然我们的生活比三十年前富裕了很多，但是年近古稀的母亲依然那么简朴。如今我们姐弟五个都离开了母亲，远走高飞，在不同的城市里生活。好几次回老家的时候，听老邻居们说，母亲思念我们的时候总爱偷偷地哭……泪水像家乡的小河水在垄沟里流淌，溢满脸颊，打湿衣襟，母亲喃喃絮语："十个手指伸出来，咬哪个都痛啊！"

母亲简朴一生，她没有时尚的衣服，也未曾戴过漂亮的首饰，连手机都不会用。母亲六十岁生日那年，我们姐弟五个各自张罗着给母亲买一份生日礼物，后来大姐给母亲买了一枚金戒指，在母亲生日那天送给了母亲。母亲把戒指戴在手上，仔细地端详了好一会儿说："戴戒指是年轻人的事了，我老了，还是你们留着自己戴吧！"我们姐弟五个一齐劝母亲："妈，你就戴着吧，戴戒指不分年轻和年老。"那天，我看见母亲脸上露出了欣慰而满足的笑容。但从那天以后，我再也没看见母亲戴过那枚戒指，我想一定不是因为她不喜欢的缘故，或许是她不习惯，更多的是她舍不得，因为母亲的一生都是简朴的……

（载于 2008 年 4 月 23 日《牡丹江晨报》）

女 生

十八年前，小学五年级时，我偷偷喜欢过一个女生，我们班的学习委员。

我们村的小学只到四年级，上五年级就要到镇上念。初到镇上，一切都很陌生，班上同学我都不认识，下课时，只能在墙角愣愣地看着同学们尽情玩耍。

有一天，数学课上，老师给我们讲了一道综合应用题，什么工程速度、什么路程距离。我最怕的就是应用题，老师留给我的那道题我怎么也算不出来，坐在位子上抓耳挠腮。突然，我的脚碰到我前排女生的椅子，女生转过身来，看了一眼我的作业本，然后把她的练习本递给

牡丹江日報 3

星期一

1998年8月

戊寅年六月十二

MUDANJIANG RIBAO

女生

□吕广波

18年前，小学五年级时，我偷偷喜欢过照片上第一排左数第一个女生，我们班的学习委员。

我们村的小学只到四年级，上五年级就要到镇上念。初到镇上，一切都很陌生，班上同学我都不认识，下课时，只能在墙角愣愣地看着同学们尽情玩耍。

有一天，数学课上，老师给我们讲了一道综合应用题，什么工程速度、什么路程距离，我最怕的就是应用题，老师留给我的那道题我怎么也算不出来，坐在位子上抓耳挠腮。突然，我的脚碰到我前排女生的椅子，女生转过身来，看了一眼我的作业本，然后把她的练习本递给我。她的练习本整齐干净，那道题演算过程清清楚楚地写在上面。这时老师正向我们走来，我急忙又用脚碰了一下她的椅子，她马上转过去正身坐好，等老师走过后，她侧着脸悄悄地告诉

虎牙，是我们班最文静、最漂亮的女生，因为她给我讲了应用题，我后来特别喜欢应用题了。因此，她的名字——王静，我记得非常清楚。从那以后，我天天都想和她说话。有时我故意将铅笔、橡皮之类的东西掉到她的书桌旁，她总是帮我捡起来，不等我说声谢谢，就转过身去了。

我。她的练习本整齐干净，那道题演算过程清清楚楚地写在上面。这时老师正向我们走来，我急忙又用脚碰了一下她的椅子，她马上转过去正身坐好，等老师走过后，她侧着脸悄悄地告诉我：“你先把过程抄下来，老师一会要检查，下课后我再给你讲！”下课后她就趴在我的课桌上给我讲了那道题。

她长着一对虎牙，是我们班最文静、最漂亮的女生。自从她给我讲应用题后，我开始喜欢了应用题。她的名字——王静，我记得非常清楚。从那以后，我天天都想和她说话。有时我故意将铅笔、橡皮之类的东西掉到她的书桌旁，她总是帮我捡起来，不等我说声“谢谢”，就转过身去了。

小学五年级毕业时，师生合影，我特意站在最后一排左一的位置，为的是找一个共同点。上初中一年级，

我们就不在一个班了，再就很少见到她，偶尔见到她和其他女生擦肩而过，她竟像不认识我一样。

时至今日，我依然记得她的那对虎牙和她优美的名字，虽然我们一共没说上十句话，但我却永远记住了她给我讲应用题时那真诚无邪的神态。

（载于 1998 年 8 月 3 日《牡丹江日报》）

亲情伴远行

北国的初春乍暖还寒，寒气袭人。春风微吹，暖阳调和着空气，把季节的第一轮回，在年味的馨香中慢慢地升腾。存留了一冬的积雪，悄悄融化，送别昨日寒冬客，惊蛰里一声春雷唤醒了沉睡了一个冬天的大地和万物。又是一番季节的更迭。春来夏至，秋到冬归。岁月的轮回中，跨过沧海，越过桑田，却将那些支离的记忆与破碎的身影忘却。日子，一天天地从人们的指尖滑落，平淡的日子里可能没有那么多大喜，更无大悲。

时光忙得像艘下行船，满载了外出谋生的游子，渐行渐远，远得只能把故乡和亲人默默思念。春节渐远了，年货也快吃腻了，陆陆续续有外出的游子踏上了谋生的路，汽车站、火车站、机场、码头，随处可见游子涌动的大潮。仅仅是短短一个月的时间，这些游子们的心情和归来时就有着天壤之别。回家过年是满怀信念，满怀思念，不顾一切地急奔故乡；离家谋生，他们总是倍感年过得太快，时间过得飞快，他们好想让时间停滞，他们好想天天过年，天天和亲人在一起。他们不忍离开亲

人，他们不舍亲情。亲情，没有隆重的形式，没有华丽的包装，它逶迤在生活的长卷中，如水一样浸满每一个空隙，无色无味，无香无影，于是也常常让人们在拥有时习以为常，在享受时无动于衷，在远离时日夜思念，在失去时彻夜难眠。在这些远离亲人的游子心中，亲情渗透在生活中的点点滴滴，时刻萦绕周围。

亲情是浓厚的、恒久不变的情感，是人生最为珍贵的，也是最值得珍惜的感情，是一种无价的，却很美妙的东西。 于是，他们不忍离开亲人。于是，在他们决定着明天、后天走的日子里，时间就像被什么东西吞噬了一样，不知不觉中，就过完了，接着就是要走的日期了，不愿离开亲情环绕的家，有的人一时不想走，就一推再推，一旦过了正月十五，都得狠下心来走了。在无奈中告别年迈的父母和妻儿，在亲情的陪伴下远赴征程。北上广深，高楼鳞次栉比，但真正拥有自己百余平方的又有几人？繁华的都市里平坦的油漆马路，远比不上走在家里的土路上踏实。

他们即使踏上谋生的路，也会回想他们曾为年和家人而归。如今告别年迈的父母，告别不舍的妻儿，总会感觉有种焦煳和酸楚的味道。父母也舍不得子女离开自己，父母的爱就像百合的清香，芬芳四溢，沁人心脾，却又无迹可寻。这个世界上，可能没有人会说不爱自己的父母，可又有谁能真正报答父母之爱的万分之一呢？在父母的眼中，爱就是和你一起走，走再远的路也不会疲惫。

正是这短暂的相聚、长长的别离，才承接了他们的感情和信念。为了谋生不得不离开亲人，快节奏的生活打破了原有的平静，路上的行人来往匆匆，生活就如一场疲劳乏味而又不得不继续的旅途。竞争的压力、多次的失利，一切都使人焦虑不安，失去了以往的耐心。正是因为心中充满了对父母和妻儿的思念，他们才努力拼搏；正是因为有亲情相伴，他们才一往无前地奋斗；正是因为要回报父母和妻儿的期许，他们才为了明天的美好生活开拓。

寄语同窗

尘缘如梦。或许，相聚的时候睡意正浓，落叶的声音猛然惊醒我，方晓得，那断了线的风筝，一头系着一段记忆，一头系着浓浓的同窗情。如你所说，也许在一个闲暇的午后，翻开那落满灰尘的留言册，你的心意、你的笑容会使我又想起校园的树、教室的门和那真挚的情。三年校园生活里，承蒙你们的关照和爱护，在这即将分别之际，让我们对你们表示衷心的感谢，同时感谢我们这份共同的拥有。

你和我也许不曾有过彻夜长谈，我和他也不管是否曾经互敞心扉，在这即将各奔前程的时刻，我还是希望

你们在这留言册上留下你们亲切的墨汁，留下一些值得我永远追忆的影像，同时留下你们对我的真实评价和一份美好的祝愿。此刻，你们给予我的每一个字、每一句话都是我最珍贵的礼物，在我心海中都将是一片纯洁的涟漪，都将是激励我前进的航灯。

牡丹江日報

25 星期二 1997年3月 丁丑年二月十七

寄语同窗

吕广波

尘缘如梦，或许，相聚的时候睡意正浓，落叶的声音猛然惊醒我，方晓得，那断了线的风筝，一头系着一段记忆，一头系着浓浓的同窗情。象你所说，也许在一个闲暇的午后，翻开那落满灰尘的留言册，你的心意，你的笑容使我又会想起校园的树、教室的门和那真挚的情。几年的大学生活里承蒙你们的关照和爱护，在这即将分别之际，让我们对你们表示真心和感谢，同时感谢我们这份共同的拥有。

你和我，也许不曾有过彻夜长谈，我和他也不管是否曾经互敞心扉。在这即将各奔前程的时刻，我还是希望你们在这留言册上留下你们亲切的墨汁，留下一些值得让我永远追忆的影像，同时留下你们对我的真实评价和一份美好的祝愿。此刻，你们给予我的每一个字，每一句话都是我最珍贵的礼物，在我心海中都将是一片纯洁的涟漪，都将是激励我前进的航灯。

往日生活苦恼甚多，然而最难过的是不被人理解，因此所有的故事都是没有意义的，也许一切都无所谓，但总也脱不去那种无聊而又无奈的枷锁，生活随便得超过我的思维，但

往日生活苦恼甚多，然而最难过的是不被人理解，因此所有的故事都是没有意义的，也许一切都无所谓，但总也脱不去那种无聊而又无奈的枷锁，生活随便得超过我的思维，但我知道我只能这样生活，我不记得我曾经给过你们什么帮助，但我不会忘记曾经关心过我的每位同学，分别时思念已跃上心头，就让彼此在不同的地方坦然地生活吧！

谢谢你们，我的同学们，是你们让我在收获的季节里，感受到了友谊的温情，使我无憾于这场梦！分别后，我们虽然生活在同一片天空下，却将有着不同的际遇，但当我能做好我的本职工作的时候，我知道我能轻松自在地生活在世；当我能实现我的理想的时候，我知道那里面还有你们真诚而美好的祝愿；当我在有月光的夜晚，吹起我心爱的短笛的时候，思念也会越过千山万水飞到

你们身边……

我知道对于我，别后岁月去日苦多。但我们的缘分，我们的友谊，你们的祝福与牵挂，我的书法、笛子、散文，相信它们会给我驱除许多寂寞和烦恼，这将是我最大的安慰！此别相逢何时？过去的许多事情都已尘埃落定，现在和将来只有顺其自然，生活里有许多事可遇而不可求！生活的节奏也不随着人的主观愿望而跳动，在茫茫宇宙、大千世界里，就让我们在各自拥有的天空下，平安、快乐地生活吧！每个人的生活里都会有许多陪伴他们的东西。

（载于 1997 年 3 月 25 日《牡丹江日报》）

秋 思

凉爽的秋风，隐隐地吹走了盛夏。今秋十月，大地披锦，触目便是一片金色的涟漪。秋高气爽，天高云淡，秋后的夕阳是那么美丽，那么安逸，静得一尘不染，一副秋后的夕阳图，最终落在遥远的天边。谁也不能主宰岁月的变迁，只能在这秋水长天里，等待季节的轮换。

浅秋盈盈，是谁迈着轻盈的脚步缓缓走近我的心房；细雨飘飞，是谁用温凉的雨滴敲击着喧嚣的世界。秋如一位美丽曼妙的少女，轻轻入怀，以不知不觉的清新姿彩装点拥抱着大地。我喜爱秋，无论是浅意盈盈的浅秋，

还是秋意浓浓的深秋，或是落叶飘零伤感凄凉的晚秋，我总会沉迷于这多情浪漫的秋的怀抱，感受着秋季特有的情怀。

清晨，雾气缠绕着翠绿的叶子和花草，湿润中有种浪漫的空气在飘飞。心念间，似乎我与大地融为一体，我犹如一滴微小的露珠，宁静安详地享受着天地混合的养料，忘记了尘世间的喧闹与繁华，只墨守一颗晶莹透亮的心，等待着阳光照耀，蒸发，直至挥洒成一粒看不见的微子，消失在尘世之间。草丛中，还是能看到那些自在行走的蚁虫；花叶间，还是能望见蝴蝶翩飞的身影。轻弯腰，拾起一片落叶，纹路脉络清晰可见，那是一片落叶的生命，化作尘泥轻唏嘘，来年不见影还来，无语地诉说，唯有，默默的情怀。

春夏和秋冬各自固执得水火不容，都在属于自己的世界里，倾尽一生的芳华，绽放自己独特的魅力，然后给下一个生命的季节让路，在流年的回首中，成全一个又一个春花秋月。

南方的秋雨如丝般，以梦的姿态挥洒，远没有北方的秋雨来得猛烈，来得萧瑟，来得撼动人心。它总是缠缠绵绵地下，又悄无声息地停歇，然后又在不经意间缠缠绵绵地下。南方的雨正如这片土地上的人一样，如此温婉，来不及品尝秋的素雅、萧瑟、冷寂，而秋早已逃离，只剩下你的一厢情愿，傻傻地等待。

北方的秋天，一旦秋风乍起，秋雨连绵，沉浸在夏天中的树叶还幻想着大口大口地呼吸阳光，而此刻却如同受了诅咒一般，漫天飞舞中，绝望地落了一地。秋雨一场一场地下着，除了松柏等耐寒的植物能够依然坚强、依然挺拔、依然吟唱着最后的生命之歌，其余的只是在默默走向不断重复的衰退期。而秋雨也是凄凉的，冷得骨颤，仿佛生命如此脆弱，却又如此繁华悲壮。行走在秋天，秋季注定是属于金黄色的，也许这是秋最温暖的一面。金黄色的成熟中透着从容与安详，等待着一场场的收割，然后完成酝酿了一夏的梦，蕴含了丰硕与饱满。而我知道，在秋天，以任何一种丰收的方式来重塑双重性格的秋，都是令人欣喜的。农人们收获了他们本该收获的庄稼，而我知道，我也应该收获属于自己的东西。哪怕是读过一本书，看过一部电影，写下几行诗句，也不应该一贫如洗地混混度日。当然，播种希望也是无愧于秋、无愧于自己的另一种绝妙的方式。

难忘的舞会

现在每每和四面八方的同学通信或通电话，总能让我看到或听到这样一句话：“要是再回到学生时代该有多好”。这句话也许是在不同境遇下工作和生活的同学们，对生活的同一种感悟吧！也许是人们都很怀旧……

我对生活的感悟不是很深，但总觉得人真是怪怪的，记得刚刚迈进梦寐以求的校园的时候，那种欣慰和兴奋足足持续了一个多月，然而新鲜感过后，在校园里听到的出现频率最高的一句话就是:“要是现在毕业有多好”。然而，不知不觉度过三年后，在即将各奔前程的时候，同学们挂在嘴边那句话却是:“要能再重读一回就好了”。

29
星期二
1997年4月
丁丑年三月二十三
第11792期
(邮发代号13—14)
国内统一刊号
CN23—0004
牡丹江日报社出版

牡丹江日報

难忘的舞会

吕广波

现在每每和四面八方的同学通信或通电话，总能让我看到或听到这样一句话：要是再回到学生时代该有多好。这句话也许是在不同环境下工作和生活的同学们，对生活的同一种感悟吧！也许是人们都很怀旧……

我对生活的感悟不是很深，但总觉得人真是怪怪的，记得刚刚迈进梦寐以求的[illegible]校园的时候，那种欣慰和兴奋足足持续了一个多月，然而新鲜感过后，在校园里听到出现频率最高的一句话就是：要是现在毕业有多好。然而不知不觉度过四年后，在即将各

说大家应该参加，最终的参加者依然稀稀落落。也许是由于集体聚餐时每个人都享受了些酒精，东倒西歪地相互拉着手，满嘴的哥们义气，往日的是非恩怨此时似乎抛到了九霄云外。有的人则独自找个地方让自己的眼泪放情地流淌；为在校园里留下的一份受伤的情感而大哭一场的女孩子们，多数是藏在自己的宿舍里；也有几个人各忙一头找工作，没有深深的哥们义气也没有遗憾的泪水。屈指可数的几对男女，幸福地相互牵着手共同描绘着他们未来的生活。是的，就在那一刻人们都成熟了，都

生活就是实实在在的生活，日子得一天一天地过，生活的列车不能滑过时空的隧道提前进入某个时代，同时也无法载着人们退回到过去的某个时代。尽管有不同生活经历的人都有感悟，但谁也改变不了生活的节奏。

记得有位同学曾经说过，只有临近毕业的那几个月，每天都让人成熟许多，仿佛一夜间同学们都长了好几岁，男孩子不再天真烂漫地说去流浪了，女孩子也告别了多愁善感，没有了往日那种未赋新词强说愁的万种柔情。这真是生命中的一场伟大的质变，随后，人们便投入了一个大熔炉——社会。

那是最后一次舞会，虽然组织者再三劝说大家积极参加，最终的参加者依然稀稀落落。也许是由于集体聚餐时每个人都尝试了些酒精，东倒西歪地相互拉着手，满嘴的哥们义气，往日的是非恩怨此时似乎抛到了九霄云外。有的人则独自找个地方，让自己的眼泪放情地流

淌。为在校园里留下的一份受伤的情感而大哭一场的女孩子们，多数是藏在自己的宿舍里，也有几个人各自忙着找工作，没有浓浓的哥们义气，也没有遗憾的泪水。屈指可数的几对男女朋友，幸福地相互牵着手，共同描绘着他们未来的生活。是的，就在那一刻同学们都成熟了，都仿佛变成了另外一个人。

舞厅里既自由又孤独的我同那优美的音乐却很和谐，不停地去请别人，嘴里只有那句话："生活快乐，事业有成"，又不停地被别人请，仍然重复那句话。

三年里唯一让我能为之守候的那个人没参加舞会，此刻，她会做什么呢？也许正在整理衣物，也许她会在一盏清亮的灯下看书，也许她正在 ...... 我的心唯一被她占有，在分别时却得不到最后一次相拥话别。一场接一场地尽情狂跳，我终于累了，带着满头的汗水走出了舞厅。"你怎么不跳了？"猛然抬头，那个我想请她，也想让她请我的人就站在舞厅门口，两行说不出滋味的清泪不争气地流出。借着灯光，我看见她的脸上也挂着晶莹的泪花，彼此默默注视着，什么话也没说 ......

（载于 1997 年 4 月 29 日《牡丹江日报》）

生活的目标不只是得到赞许

在生活中，很多人都希望得到别人的赞许，这是人的社会性所决定的。在某种意义上，得到别人的赞许就等于得到别人认可。不可否认，能得到别人的赞许，的确是一种美好的精神享受、一种自我满足。

但是，一个人如果把别人的赞许当作生活中必不可少的需要而一味地刻意追求，那样你就会走进一个误区，走进一种怪圈，陷入无法自拔的境地。刻意追求别人对自己的赞许，把别人的赞许作为衡量自己的尺度，把别人的赞许看得过分重要，在生活和工作中，你就会经受不住来自外界的一丝冷落。因此，你就会很不自信，经

常会带有很大的自我挫败感，久而久之，你就会丧失对生活的信心和勇气。

在生活中，每个人都经常会碰到有人对你提出相反的意见，也经常会遇到来自别人的冷落。这就是现实，这就是实实在在的生活。如果一个人总是把别人的赞许看得很重，一言一行都希望得到别人的赞许，经不起别人的否定和冷落，那么，你的生活就会变得充满沮丧和痛苦。在生活中，我们经常可以遇到很多人，他们不甘寂寞，不甘落后，不甘被冷落，时刻想着获得别人的赞许，为了能获得别人的赞许，在做事的时候，总想着迎合别人，认为这样就能处理好人际关系，他们隐藏了自己的观点，伪装了自己的主见，丧失了自己的立场。有些时候为了迎合别人，甚至违心地做了自己不愿做的事，说了不想说的话，成了别人的影子。

当你一味地追求获得别人的赞许，把它作为生活的目标时，其实你已经完全失去了一个真实的自我。由于你苛求别人的赞许，别人也就不能坦诚地对待你，长此

为老百姓服务的报纸

牡丹江晨报

2008年6月26日

牡丹江新闻传媒集团主办　总第2655期　本期40版　统一刊号 CN23—0079

生活的目标不只是得到赞许

以往，你就会迷失方向，失去自己的思想和真实情感，在生活中就失去了真诚，这样生活也失去了意义。一个人的价值不是靠他人来验证的，不要以为别人赞许你，你就是有价值的，也不要以为别人反对你、冷落你，你的价值就不存在了。把自己寄托于他人，靠他人来承认你的价值，那你实现的不是你自己的价值，而是他人的价值。

要活出一个真实的自我，就要毫不留情地抛弃那种以寻求别人赞许来建立生活的需要，活出一个真实的自我，做一个有独立思想、独立人格的人。把获得别人的赞许的思想从你的生活中连根拔掉，这样你就一定会活得真实，活得自我，活得快乐。

（载于 2008 年 6 月 26 日《牡丹江晨报》）

一张贺卡

新年那天，我突然收到一张来自远方的贺卡。

我和她是上初中二年级时的同桌，但我们竟没有说过一句话。因为那时我所在的农村学校男女同学是不说话的，如果有谁敢破例，就会成为班级的新闻和大家品头论足的焦点。初三的时候她因为随家的搬迁而转学。以后的八年里，无论如何我从未想起和见过她。

而今天，当我捧着她寄来的贺卡时，我才深深感到，当我独自一人生活在这偏僻的乡村时，远方还有一个人在深深祝福我；在我已习惯于这个小城里平平淡淡、随

社会周刊

对配偶永远忠实。他们认为这是婚姻美满的基础，绝不存在非份之想。

牡丹江日報

★第23期 ★1996年2月15日 星期四

一张贺卡

□吕广波

新年那天，我突然收到一张来自远方的贺卡。

我和她是上初中二年级时的同桌，但我们竟没有说过一句话。因为那时我所在的农村学校男女同学是不说话的，如果有谁敢破例，就会成为班级的新闻和大家品头论足的焦点。初三的时候她因为随家的搬迁而转学。以后的八年里无论如何我从未想起和见过她。

而今天，当我捧着她寄来的贺卡时，我才深深感到：当我独自一人生活在这偏僻的乡村时，远方还有一个人在深深祝福我；在我已习惯于这个小城里平平淡淡，随波逐流的生活时，这茫茫人海中还有一颗诚挚善良的心在牵挂着我。是呀，人生注定要在牵挂与被牵挂中度过，牵挂是一种痛苦，被人牵挂是一种幸福。

透过新年里唯一收到的贺卡，似乎又见到了她那少年时纯真的笑脸。从这张贺卡上我已读出了人间真情，使我懂得：为了这份祝福与牵挂，不管今后遇到怎样的艰辛，我都会以十足的勇气去面对我所拥有的生活。

波逐流的生活时，这茫茫人海中还有颗诚挚善良的心在牵挂着我。是呀，人生注定要在牵挂与被牵挂中度过，牵挂是一种痛苦，被人牵挂是一种幸福。

透过新年里唯一收到的贺卡，似乎又见到了她那少年时纯真的笑脸。从这张贺卡上我已读出了人间真情，使我懂得，为了这份祝福与牵挂，不管今后遇到怎样的艰辛，我都会以十足的勇气去面对我所拥有的生活。

（载于1996年2月15日《牡丹江日报》）

单身生活的日子

在我家乡那个偏僻的农村，像我这样已经过了两个本命年的人，早已为人父母了，否则，走在路上人们都会拿一种特殊的眼光看你，背地里还要叫你一声“剩下的货”。

我十五岁那年离开了家乡，先是在边陲小城读书，毕业后又来到现在工作的城市，十几年的辗转，虽然终没有离开城市，但早已尝够了单身生活的滋味。

城里人习惯把未婚的大龄男女称为“单身贵族”。我不知道他们所说的单身贵族是怎样的生活，但像我这样一个独在异乡的工薪小卒，是永远都“贵”不起来的。固定的那份工资虽少得可怜，也得去应付最无奈的那些没完没了的请柬，同事结婚、朋友乔迁、上司生日等等。每月少则一两份，多则五六份，尽管已经囊中羞涩，也得硬着头皮去祝贺，去恭喜，而难过的日子是和自己的肚子计较。逢年过节，便想起温馨的家，于是把对父母的牵挂变成一张汇款单，寄回遥远的家乡。

单身的日子有乐也有苦，没有那些永远做不完的家务，没有想过尽家的那份责任，也不曾体会送孩子入托之累，更听不见让你烦心的孩子哭老婆吵。一个人吃饱全家不饿，你可以和朋友相约到舞厅去尽情潇洒，也可以去歌厅尽情宣泄，不必为回家晚了而担心。

同宿舍的人换了一批又一批，我也便告别了那个像大车店似的集体，走进了一个人的家，虽然没有吆五喝六的海喝狂侃，却多了一份孤独的凄凉。白天总是那么短暂好过，虽工作并不如愿，但拼命地工作，忙忙碌碌，让你没有空去思考人生。而让人难耐的是每天晚上下班后回家，面对属于自己的那个孤单的长夜。

找出钥匙打开门锁的那一瞬间，便感觉到了屋子里冷冷清清，打发时间的首要项目是点燃炉火。肚子并不感觉到饿，于是点上一支烟，独坐床头，一支接一支地抽下去。随着一缕缕散去的轻烟，思绪早已走得很远很远……年少时的豪气，只能作为一种回忆了，往昔并没有什么值得留恋的东西。多少次拿起笔要向她诉说此刻

牡丹江日報

单身生活的日子

吕广波

在我家乡的那个偏僻的农村，象我这样已经过了两个本命年的人，早已为人父母了，否则，走在路上人们都会拿一种特殊的眼光看你，背地里还要叫你一声“剩下的货”。

我十五岁那年离开了家乡，先是在边陲小城读书，[illegible]毕业后又来到现在工作的城市。十几年的辗转折腾，虽然终没有离开城市，但早已尝够了单身生活的滋味。

城里人习惯把未婚的大龄男女称为“单身贵族”。我不知道他们所说的单身贵族是怎样的生活，但象我这样一个独在异乡的工薪小卒，是永远都“贵”不起来的。固定的那份工资虽少的可怜，也得去应付最无奈的那些没完没了的请柬，同事结婚，朋友乔迁，上司生日等等，每

不饿，你可以和朋友相约到舞厅去尽情潇洒，也可以去歌厅尽情渲泄，不必为回家晚了而担心。

同宿舍的人换了一批又一批，我也便告别了那个象大车店似的集体，走进了一个人的家，虽然没有吆五喝六的海喝狂侃，却多了一份孤独的凄凉。白天总是那么短暂好过，虽工作并不如愿，但拼命的工作，忙忙碌碌让你没有空去遐想一切。而让人唯一难耐的是每天晚上下班后回家，面对属于自己的那个孤单的长夜。

找出钥匙打开门锁的那一瞬间，便感觉到了屋子冷冷清清，打发时间的首要项目是点燃炉火，肚子并不感觉到饿，于是点上一支烟，独坐床头，一支接一支的抽下去，随着一缕缕散去的轻烟，思绪早已走的很远很远……年少时的豪气，只能做为一种回忆了，

的心境，既然已过去了两千多个日日夜夜，虽相距并不太遥远，也已是天各一方了，也许是人有情而岁月无情！那份真实的无与伦比的感情真的就彼此淡忘了吗？付出的代价就是一个人成长的历程吗？只可惜我们这类思考在行动之后的人的生活，也许是每个成熟而又理性的人都不曾经历的平庸的生活。扔掉了许多烟蒂，才隐隐感到一丝饥饿，胡乱填饱肚子，又百无聊赖地在屋子里转悠，当面对那一堆早该洗的衣服时，才想到也该有个家了。一个适意又令人欣慰的家，永远是洗涤心灵的净土……

于是又继续抽烟。多少个寂寞的长夜只有烟陪伴着我，不知这样的日子何时才能结束。我也曾努力从苦闷中走出来，我也期待着在异地他乡能寻到一份真诚，我也渴望着早日依花而醉。城市里有过星期天的说法，星期天举家逛公园或家庭团聚，准备一桌丰盛的午餐或晚

餐，尽情地享受周末的惬意。而对单身的我来说，星期天绝大多数是一觉睡到自然醒，醒来后便到书店去转悠，偶尔发现一本好书便一直看下去，直到肚子提出抗议才想起也该回家了。有时星期天也起得特别早，便学着那些家庭“主男”，到市场上转悠，当提着一兜菜到家的时候，却又不知该做什么吃，即便是做了，没吃上几口还是一样地无聊。真不知这种在异乡的独身生活何时才能结束。也许是一年、两年，也许是若干年后……

（载于 1997 年 3 月 18 日《牡丹江日报》）

承受重复

抬头是天，低头是地，翻过这山，爬过那岭，前面的路还是连着天.....每天每个人都是在同一个起点出发，走向同样的生活，而每当静谧的夜晚来临的时候，每个人又都为一个灿烂的黎明而等待。

平凡普通的人都是在简单的、定律式的生活里重复着属于自己的故事，人生里不知要经历多少次重复。也许只有那些超凡脱俗的人，才会每天都有新的机缘；也许只有那些超越常人的天才，才会每天都有新的奇遇。

每个人都有迷人的梦，每个人都想拥有轻松潇洒的人生。可是蓦然回首脚下的路，却依然没有改变生活的

节奏。重复的生活使人痛苦，也使人坚韧；重复的生活使人失望，也使人压抑；重复的生活使悲观，也使人愁丝万缕。然而，每一次重复又给人以新的启迪、新的定位、新的进取精神。

生活的路不是鲜花铺就的，我们必须拿出勇气去面对重复，凝聚你所有的向往和热情去承受重复，在无数次的重复中磨炼自己的心性。能在重复中改变命运的人，都是生活的强者，强者是不把鲜花视为成功的象征的，只有强者才能真正承受重复。在无数次的重复中坚定自己的信念和追求，在千百次的重复中体验生活的真谛，在千万次重复中体现绚丽的人生才是真正的强者。

（载于 1998 年 4 月《中国当代新文人丛书》）

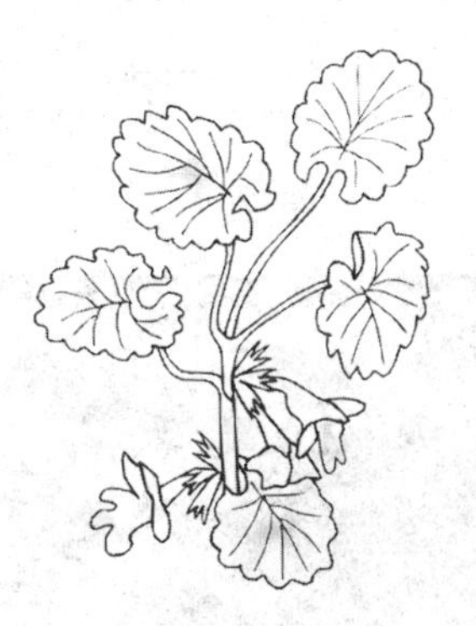

回家过年

年，就要到了，正像我很想念他们一样，家中的亲人一定也很想念我。独自来到星光与灯光交织的江岸，凝视着滚滚东流的江水，我深深地体味着此刻离家在外的心境。

回家过年，是我们这些生活在异域的人最大的心愿，更是一些形单影只的游子的期盼。离家十余载，对家的概念早已淡漠，但每当有人问我“过年回家吗”，我总不假思索地回答“回家”。“家”字总说得那么亲切，仿佛近在咫尺。

牡丹江日報

MUDANJIANG RIBAO

回家过年

□吕广波

年，就要到了，正像我很想念他们一样，家中的亲人一定很想念我。独自来到星光与灯光交织的江岸，凝视着滚滚东流的江水，我深深体味着此刻离家在外的心境。

回家过年，是我们这些生活在异域的人们最大心愿，更是一些身单影只游子的期盼。离家十余载，对家的概念早已淡漠，但每当有人问我“过年回家吗？”我总不加思索地回答，“回家”，“家”字总说得那么亲切，仿佛家就在附近。

过年回家不仅是每一位游子不解的情结，也是家中亲人永远的心愿，尽管家里没有大鱼大肉，但回家过年哪怕与家人围坐一起喝一碗母亲熬的稀粥，也让人觉得踏实、幸福。虽然家不曾富丽堂皇，并且老屋依旧，土炕依然，但暖暖的睡去，会做一个美美的梦。

记得十年前，我在内蒙古打工。春节前，因等着雇主卖了粮食才能给我工钱，一直等到腊月二十七，我才披星戴月赶回家里。这时已是腊月二十九了，家乡的小山村早已被浓浓的过年气氛包围了。妹妹对我说：“这些天妈妈天天都到村头等你回来。妈说，不希望你能带回多少钱，只是盼你早点回家过年。”我第一次体会到回家过年，竟如此重要。工作后，每年春节，我都力争早几日回家，因为我知道，在那遥远的小山村里，父母兄妹们正焦急地等着我。

我家我家

过年回家不仅是每一位游子不解的情结，也是家中亲人永远的心愿。尽管家里没有大鱼大肉，但回家过年哪怕与家人围坐在一起喝一碗母亲熬的稀粥，也让人觉得踏实幸福。虽然家不曾富丽堂皇，并且老屋依旧、土炕依然，但暖暖地睡去，会做一个美美的梦。

记得十年前，我在内蒙古打工。春节前，因等着雇主卖了粮食才能给我工钱，一直等到腊月二十七，我才披星戴月赶回家里。这时已是腊月二十九了，家乡的小山村早已被浓浓的过年气氛包围了。妹妹对我说：“这些天妈天天都到村头等你回来。妈说，不希望你能带回多少钱，只是盼你早点回家过年。”我第一次体会到，回家过年竟如此重要。工作后，每年春节，我都力争早几日回家，因为我知道，在那遥远的小山村里，父母、兄妹们正焦急地等着我。

（载于 1998 年 8 月 5 日《牡丹江日报》）

独自品茶

一个人喝茶，是我最喜欢的喝茶方式，不必费心地去找茶楼，只要有一个属于自己的空间，便可沏清茶一杯，哪怕深处闹市，细细品之，也能心静如水。万念随心，一念在茶，一念在心。手捧茶杯，绝妙的沉静便与心情轻轻地相拥。

一个人喝茶，是一种境界。我的感悟是，一个人喝茶是一种生活态度，是一种悠然自得，是一种从容淡定。一杯清茶，香气悠远，可以让灵魂有一个安静栖息的场所。

赵朴初先生的一首五言绝句：“七碗爱到味，一壶得真趣。空持千百偈，不如喝茶去。”茶道中的“茶品如人品，人品如茶品”的深刻内涵，也只有喝茶人自己能懂得。一个人喝茶，越喝越清醒，越喝越深切，越喝越能品味到人生的滋味，世间的美好不经意在这里驻足，恍然之中，心底已经泛起一丝温暖。

我认为这才是一个人喝茶的真正意义，所以，一个人品茶，就有了充分的理由——许多时候，因为害怕伤害，我们将心门紧闭；因为害怕孤单，我们一路笙歌。一直不知道，是不是当经历过很多的伤感之后，已经变得麻木，不再害怕失去，不再害怕伤害；一直不知道，是不是经历过很多的孤单之后，自然就会变得冷漠，不再害怕寂寞，不再害怕冷清。

世事无常，岁月里总点缀着一些分分合合的愁绪，掺杂着一些莫名的无助与伤感，有的时候，总是觉得孤寂，觉得无助，觉得冷清。但一个人品茶的时候，那些点点滴滴的前尘往事，在低头的刹那涌起，在凝视茶杯

的刹那散去。岁月清寒的季节，心底升起的那丝感动，或许就源于心灵深处的那一两片叶子。当这叶子走下枝头，走进你冒着热气的茶盏，它的生命，便有了深层的含义，清寂且宁静。

茶是对时光最好的收藏。杯中茶由淡变浓，再由浓变淡，茶叶上下沉浮，苦涩清香中慢慢感悟人生的这杯茶。茶里乾坤大，壶中日月长，一杯清茶展现的是鲜活流动的风景，可以品尽人生沉浮。

茶在水中，水则清香；水在心中，心则空旷。在没遇到沸水之前，茶叶就是一片叶子，某天相遇，生命得到释放，味道得到释放，直至没了味道，却是把回味毫无保留地留在了人间。人生如茶，品过才知浓淡；生命如途，走过才知深浅；人生如茶，沉落看底色，起伏见质地，保持自己的本真才是有味道的人生。我曾经一次次审视自己，将心的堡垒拆除，让心沐浴在阳光下，自由飞翔。我不清楚，是不是心不再有任何设防，会收获更多坦诚。但我希望，我能用一种坦诚，去收获人生的甘甜、灵魂的宁静。

也许，生命就是一场翻飞在水中的等待，等待枝头一次翠绿的微笑。也许，人生就是一段行走在旅途的驻足，一路阳光，只为一树花开。茶暖，水冽，世事沉寂。取一本最爱的诗集，在安静的世界里漫步，在丝丝缕缕茶香的浸润下，心，已淡如秋水。

思念无眠

岁月的轮回在新旧更替中，草枯草绿是四季的交替，唯有思念是常品常新的。有人说思念是一坛酒，越是陈年的愈加香甜。我想的确，每当我推开这扇伴我度过无数风雨的窗子，无论是看到摇曳的绿叶，还是寒风中的枯枝，思维就会无限驰骋，许多尘封的往事和前缘都会浮现眼前。

思念又是一个无眠的夜晚，我已失落的一片苍白，从那哀婉的悲怆中走出来，便把自己的地址丢在水中飘荡，曾经拥有的美好和那份快乐，如今已不再属于我，

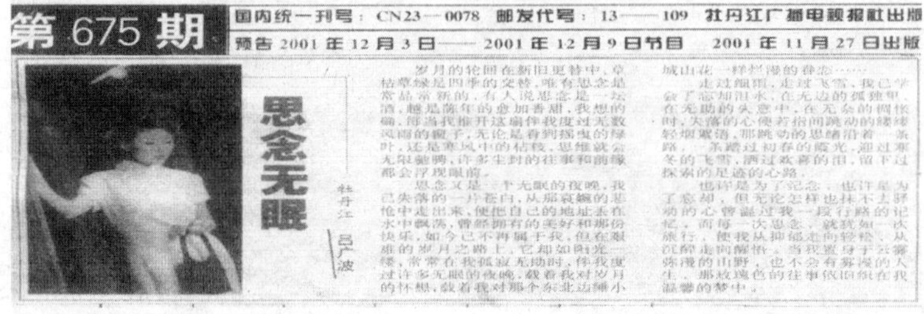
网址：http：//www.mdjgdb.com

第 675 期　国内统一刊号：CN23—0078　邮发代号：13——109　牡丹江广播电视报社出版

预告 2001 年 12 月 3 日——2001 年 12 月 9 日节目　2001 年 11 月 27 日出版

思念无眠

牡丹江　吕广波

但在艰难的岁月之路上，它却如阳光一缕，常常在我孤寂无助时，伴我度过许多无眠的夜晚，载着我对岁月的怀想，载着我对那个东北边陲小城山花一样烂漫的眷恋……

走过细雨，走过飞雪，我已学会了忘却泪水，在无边的孤独里，在无助的失意中，在无奈的惆怅时，失落的心便若指间跳动的缕缕轻烟絮语，那跳动的思绪沿着一条路，一条踏过初春的霞光，迎过寒冬的飞雪，洒过欢喜的泪，留下过探索的足迹的心路。

也许是为了纪念，也许是为了忘却，但无论怎样也抹不去驿动的心，那曾温暖过我一段行程的记忆，而每一次思念，就犹如一次旅行，使我从压抑走向轻松，从沉醉走向醒悟。当我置身于云雾弥漫的山野，也不会有雾漫的人生，那玫瑰色的往事依旧织在我温馨的梦中。

（载于 2001 年 11 月 27 日《牡丹江广播电视报》）

乡 音

在这个城市生活了十几年的我，虽然已经成家立业，但在这个城市里从来就没有过丝毫的归属感，始终认为自己是个外乡人。走在街上，每每听到一两句乡音，就会牵动心里妙曼的思乡情结。

前几天到菜市场买菜，偶尔听到了一句纯正的乡音，就是这句乡音，如同磁石般，吸引着我快步走上前去，仿佛遇到了亲人，遇到了陈年旧友，迫不及待地与卖菜的老乡聊了起来。只因为乡音、乡情，不认识的两个人，

牡丹江广播电视报
MUDANJIANG GUANGBO DIANSHIBAO
牡丹江新闻传媒集团主办 2008年5月14日 总第1012期 国内统一刊号：CN23—0078
预告2008年5月19日——2008年5月25日节目 逢周三出版

乡音

吕广波

在这个城市生活了十几年的我，虽然已经成家立业，但对这个城市从来就没有过丝毫的归属感，始终认为自己是个外乡人。走在街上，每每听到一两句乡音，就会牵动我心里妙曼的思乡情结。

前几天到菜市场买菜，偶尔听到了一句纯正的乡音，就是这句乡音，如同磁石般，吸引着我快步走上前去，仿佛遇到了亲人，遇到了陈年旧友，迫不及待地与卖菜的老乡聊了起来。只因为乡音、乡情，不认识的两个人，聊个没完没了。从故乡聊到异乡，从过去聊到现在，从老人聊到孩子，聊的最多的就是故乡的变化，故乡的人们现在的生活。

同喝一江水，同在一片黑土地上长大，能在千里之外相遇，真是天赐的缘分。临别，老乡硬是往我手里塞了满满两袋儿菜，弄的我委实不好意思，因为老乡刚到异乡谋生，生活过的并不宽裕。但老乡坚持说，在举目无亲的陌生城市相遇，感到特别亲切、特别温馨。拿着老乡送给我的菜，在乡音的祝福声中，我与老乡作别，走出好远，回头望去，老乡依旧在那里向我招手致意！在回家的路上我想：人之所以会常常留恋故土，就是因为有着那份难以割舍的乡音、乡情！

乡音对每个游子来说，都是一份浓浓的思乡之情。乡音就如同银行卡的密码一样，它是唯一的，只要你一张嘴说话，就决定你是哪里的人，没有离开故乡经历的人，是永远体会不到那种感觉的。离乡久了，乍听起乡音，像母亲叫我的乳名，又像与同年的伙伴在交谈。那声音就像一杯陈年的老酒盛在我的心中，小心翼翼地不让它洒出一滴，喝下去，你可以感到惬意而舒展！那声音像无形的桥，不用几孔，便可以跨越无数的岁月。那声音里充满味道，是带着故乡泥土的气息。那声音是清脆的，宛如故乡的小河流水。那声音浑厚质朴，亦如故乡那广袤的黑土地。

聊个没完没了。从故乡聊到异乡，从过去聊到现在，从老人聊到孩子，聊得最多的就是故乡的变化，故乡的人现在的生活。

同喝一江水，同在一片黑土地上长大，能在千里之外相遇，真是天赐的缘分。临别，老乡硬是往我手里塞了满满两袋菜，弄得我委实不好意思，因为老乡刚到异乡谋生，生活过得并不宽裕。但老乡坚持说，在举目无亲的陌生城市相遇，感到特别亲切、特别温馨。拿着老乡送给我的菜，在乡音的祝福声中，我与老乡作别。走出好远，回头望去，老乡依旧在那里向我招手致意！在回家的路上，我想，人之所以常常留恋故土，就是因为有着那份难以割舍的乡音、乡情！

乡音对每个游子来说，都是一份浓浓的思乡之情。乡音就如同银行卡的密码一样，它是唯一的，只要你一张嘴说话，就知道你是哪里的人，没有离开故乡经历的人，是永远体会不到那种感觉的。离乡久了，乍听起乡音，像母亲叫我的乳名，又像与同年的伙伴在交谈。那声音就像一杯陈年的老酒盛在我的心中，小心翼翼地不让它洒出一滴，喝下去你可以感到惬意而舒展！那声音像无形的桥，不用几孔，便可以跨越无数的岁月。那声音里充满味道，带着故乡泥土的气息。那声音是清脆的，宛如故乡的小河流水。那声音浑厚质朴，亦如故乡那广袤的黑土地。

（载于 2008 年 5 月 14 日《牡丹江广播电视报》）

故乡的眷恋

从十几岁离开故乡到外地求学、工作，至今离开故乡已经三十余载，由当年不谙世事的毛头小伙，到如今的两鬓斑白，不但经历了世事变迁，也见证了岁月的沧桑。一万多个日日夜夜，经历了太多的酸甜苦辣，经历了太多的喜怒哀乐，但是无论是逆境还是顺境，对故乡的眷恋始终如一，对故乡的一切记忆仿佛就在昨天……

故乡是我生命的源头，因深深根植于故乡，所以才不会在人生路上迷失方向。故乡的每一寸土地、每一个故事都让我心醉，让我迷恋，让我永志不忘。故乡的山

水像宽厚的慈母，无私地哺育着小村的老老少少，静静地守护着它的孩子们。故乡以其最朴实、最纯粹的爱哺育着儿女，一代又一代，让他们温馨地生活在这块热土中。

对于漂泊在异乡的游子来说，无论过着怎样富裕或者是怎样清苦的生活，总是牵挂故乡的点点滴滴，故乡永远是一幅珍贵的水墨丹青画，永远是心灵停泊的港湾。故乡是一根线，不管你走多远，永远离不开的它牵系，它是永远剪不断的那根情线。

每每夜深人静，倚窗遥望故乡的时候，情不自禁地想起故乡的乡音，那么亲切、熟稔。故乡的土路、故乡的木桥、故乡清清的小河水是那么令人痴迷。傍晚，当故乡小村子的上空袅袅炊烟升起时，空气中弥漫着亲情的味道；清晨，当朝阳升起的时候，故乡的村庄，仿佛刚出浴的美人，清丽脱俗而又古朴典雅，俨然一幅优美的山水画。

我不禁感叹，纵有霓虹闪烁，也不及故乡的一盏煤油灯；纵有千万座高楼大厦，也不及故乡草房一间；纵有价值不菲的席梦思床，也不及故乡的土炕。因为在游子心中，故乡的一切都能给自己带来温润与慰藉，可以让游子暖了心、暖了情。

离开故乡多年，也只是偶尔回故乡几次，但是每次回故乡都是无比兴奋。走进故乡的小村，感觉是一种回归，心里就感到无比的踏实。每次回故乡，都放慢脚步，左顾右盼，在记忆里搜寻着每一条路、每一棵树、每一眼井。记忆里便浮现出乡邻们日出而作日落而息，牛羊成群，儿时伙伴在一起嬉戏的情景。

人不管身在何处，离开故乡多久、多远，对故乡的眷恋之情是无法割舍的。掠一捧故乡的风，拂去曾经的沧桑；舀一瓢故乡的水，洗去漂泊的疲惫；举一杯醇厚的故乡酒，甘甜的滋味便流淌在心头……

感谢孤独

离家数载，亦得亦失，算起来也只懂了一些做人的道理。独处异乡，日子总不那么好过，更多的时候，常常是孤独陪伴。

我感谢这份特有的孤独。在孤独的日子里，可以忘情地去追忆那些渐渐模糊的过去曾熟悉的面孔，静静地品味生活里的酸甜苦辣，咀嚼人生中的悲欢离合、曾经拥有的辉煌与失意。在回忆中眺望那一段段往事，生活中虽添几多沧桑、几许无奈，却也经历了最珍贵的成长历程。

镜泊晚报

一九九六年五月十五日 星期三 第三六五号

●镜泊晚报社出版 ●牡丹江日报社主办

感谢孤独

□吕广波

离家数载，亦得亦失，算起来也只懂了一些做人的道理。独处异乡，日子总不那么好过，更多的时候，常常是孤独陪伴。

我感谢这份特有的孤独，在孤独的日子里，可以忘情地去追忆过去那些渐渐模糊的熟悉面孔；静静地品味生活里的酸甜苦辣；咀嚼人生中的悲欢离合，曾经拥有过的辉煌与失意，在岁月中眺望那一段段的往事，生活中虽然几多沧桑，几许无奈，却也经历了最可珍贵的成长历程。

我珍惜这份独特的孤独，在孤独的日子里，幻想营造的世界美丽而又动人，独自享受身边的幸福，做着手头的工作，捧着书，品着茶，细细品味生命的一切。当清风徐来阵阵萦怀时，一首湿漉漉的带着伤感的小诗流出笔端，孤独的时候，虽形影孤单，却拥有一个扩展的心灵，不再沉缅过去，拿起了落满灰尘的短笛，所有的孤独与寂寞都从笛孔中飞去。

我庆幸这份孤独，孤独将使人拥有深邃和广博，让理想从心中升起，寄希望于高扬的风帆，憧憬着色彩斑斓的生活……孤独，原是一种只有诗人才能走进的世界。

我珍惜这份难得的孤独。在孤独的日子里幻想营造的世界美丽而又动人。独自享受身边的幸福，做着手头的工作，捧着书，品着茶，细细品味生命的一切。当清风徐来阵阵萦怀时，一首湿漉漉的带着伤感的小诗流出笔端。孤独的时候，虽形只影单，却拥有一个扩展的心灵，不再沉湎过去，拿起了落满灰尘的短笛，所有的孤独与寂寞都从笛孔中飞离。

我庆幸这份孤独。孤独使人变得深邃和广博，让理想从心中升起，寄希望于高扬的风帆，憧憬着色彩斑斓的生活……孤独，原是一种只有诗人才能走进的世界。

（载于 1996 年 5 月 15 日《镜泊晚报》）

年，美丽的乡愁

岁月的脚步总是那么匆忙，不觉间又是一个新年。每次过年，乡愁都如期而至，呼唤内心沉积已久的记忆。离乡数十载，随着时代的变迁，有些东西已经消失，但有些记忆是无法从心灵深处抹去的——故乡的山、故乡的河、故乡的小院……当一幅深深印刻在脑海里的经典画面重新回放时，除了思念还有什么选择呢？

对于我们这样远离故乡的游子，年和家乡总是紧密联系在一起的，是永远都不能割舍的情愫，不管故乡是贫穷还是富有，故乡始终是不老的回忆。每当临近过年，

天南地北的游子便开始踏上回家过年的路，哪怕回家的路千万里，都不怕拥挤，不辞辛苦，只为一场亲情的团聚。有人说不管在他乡生活多少年，不管在他乡过了几个年，只有家乡的年，才是真正的年，只有家乡的年才是最有味道的年。

有人问乡愁是什么。对家乡质朴、本真、纯粹的眷恋和思念才是乡愁的本真。乡愁是故乡的一草一木，是院子里落满灰尘的石碾子，是老屋边潺潺的小河流水，是故乡小村上空飘着的袅袅炊烟，是母亲精心做出的年夜饭。总之，一切带有家乡和亲人印记的东西，往往都能唤起心底对家乡和亲人的浓浓眷恋和思念，都是看得见、品得到的乡愁。

更多的人都感觉现在年味淡了，都特别怀念小时候过年的感觉。其实不是年味淡了，真正变了的是自己的内心，儿时的年被我们定格成了一种情绪——快乐无忧。在那个物资极度匮乏的时代，一件的确良新衣服就可以让我们兴奋不已，爸妈买二斤桔子瓣糖，给每个孩子分几块，我们都会觉得生活处处充满欢乐，拿到邻居家的孩子面前炫耀，因为我们一年也只吃这一次糖。那个年代，天真无邪的我们不知道父母在省吃俭用，举步维艰地为我们遮蔽风雨，努力为我们营造一个又一个快乐的年、幸福的年！

长大后，我们经常徘徊在得失与愁绪之中，再也体会不到从前那种过年的感觉了，如今我们对过年的认识和体会，是和以前别无二致的，年只是一个过程，某一天开始，某一天结束，不管你过不过，都不能停止到年前，都不代表你可以不长一岁，都逃避不了时间的痕迹；不管你怎么过，头发依然要白，皱纹依然要深，除了沧桑，又多了一年沧桑……

不是每个人都懂乡愁，没有故乡情结的人就没有乡愁。所以，不惆怅，不遗忘，把温馨的情愫，把对故乡的深深眷恋，把浓浓的思乡情，把挥之不去的乡愁装进祝福里，送到魂牵梦绕的故乡，愿故乡永远祥和安宁。

写在分手

多少师生间的情谊，多少同学间的真情，都深藏在别离前的那段寂寞，所有的祝福和牵挂都属于你我……注定我们冬天要远征，注定我们要在夏天分手，风中黯然回首，校园里还在回荡《友谊地久天长》。

我们曾在岁月的沧海里泛舟，导航的是心目中自信的北斗。我们曾把蹒跚的步履交给道路，读懂的是人生旅途的蹉跎，几多感慨，几多失落，也终未能沙化了我们心中求索的那片绿洲。当我们风尘仆仆走进校园的时候，欣慰和疲惫一起刻上我们的额头。

似曾相识的面孔、似曾相识的眼睛、似以曾熟悉的

牡丹江日報

13——14

写在分手

吕广波

多少师生间的情谊，多少同学间的真情，都深藏在别离前的那段寂寞。所有的祝福和牵挂都属于你我……注定我们冬天要远征，注定我们要在夏天分手。风中黯然回首，校园里还在回荡《友谊地久天长》。

我们曾在岁月的沧海里泛舟，导航的是心目中自信的北斗。我们曾把蹒跚的步履交给道路，读懂的是人生旅途的艰难。几多憾慨，几多失落，也终未能沙化了我们心中求索的那片绿洲。当我们风尘仆仆走进校园的时候，欣慰和疲惫一起刻上我们的额头。

似曾相识的面孔，似曾相识的眼睛，似曾熟悉的声音，在校园里汇成一条走向春天的河流。老师说这是一条源于坦荡、真诚情怀的河流，一条未被世俗的风雨污染和践踏的河流，没有猜忌，没有尔虞我诈，没有怨嗟，只有命运的息息相通的求知求索，只有从坦诚的目光中折射出心中的那片贞洁的绿洲。

为了求知，为了能立足于社会，我们全体同学同舟共济，在一起度过了四年美好的大学生活。多少师生的情谊，多少同学的友情，只有那一张张宁静的课桌依然记得，只有那用生命的本色迎接春晖的校园小路记得，只有校园内那排挺拔的松树记得。多少紧张而欢乐的日子里，同学们的颗颗心是如何变成种子，被播撒进曾培育出多少桃李的校园。

生活就是感受一种陌生到熟悉的过程，当我们在同一校园里，共在同一片绿荫下，一起携手走过一段青春的岁月时，才猛然惊觉，原来我们已经走过了四个365天。几番寒来暑往，分离的步履如梦如幻地走到我们身边。随即，一张张写满留言的纸从眼前闪过，一个个熟悉的面容迅速飞离了眼眶……

当我们走出校园的时候，老师的眼圈红了，微笑中叮嘱我们，"秋天你们再来吧！那是一个金灿灿的收获季节"。

分别会使我们更加怀念校园，怀念一寸光阴一寸金的读书生活，在那多雨明媚的季节，为了事业，为了自己对人生的那份执着，我们又欣然选择了跋涉。别后的日子尽管思念会带着许多伤感和遗憾，我们也会更加热爱终生守望的生活。不管走到哪里，我们都会怀念在一起的欢乐，我们执着，岁月依然……

青春热线

责任编辑 王茵 版式设计 杨冬梅

1996年12月12日 星期四

声音，在校园里汇成一条走向春天的河流。老师说这是一条源于坦荡、真诚情怀的河流，一条未被世俗的风雨污染和践踏的河流，没有猜忌，没有尔虞我诈，没有怨嗟，只有命运息息相通的求知求索，只有从坦诚的目光中折射出的心中的那片贞洁的绿洲。

为了求知，为了能立足于社会，我们全体同学同舟共济，在一起度过了三年美好的卫校生活。多少师生的情谊，多少同学的友情，只有那张张宁静的课桌依然记得，只有那用生命的本色迎接春晖的校园小路记得，只有校园内那排挺拔的松树记得。多少紧张而欢乐的日子里，同学们的颗颗心是如何变成种子，被播撒进曾经培育出多少桃李的校园。

生活就是感受，是一种从陌生到熟悉的过程，当我们同在校园里，共在绿荫下，一起携手走过一段青春的岁月时，才猛然惊觉，原来我们已经走过了三个三百六十五天。几番寒来暑往，分离的步履如梦如幻地走到我们身边。随即，一张张写满留言的纸从眼前闪过，一个个熟悉的面容迅速飞离了眼底……

当我们走出校园的时候，老师的眼圈红了，微颤中叮嘱我们："秋天你们再来吧！那是一个金灿灿的收获季节。"

分别会使我们更加怀念校园，怀念一寸光阴一寸金的读书生活。在那多雨阴霾的季节，为了事业，为了自己对人生的那份执着，我们又欣然选择了跋涉。别后的日子，尽管思念会带着许多伤感和遗憾，我们也会更加热爱终生守望的生活。不管走到哪里，我们都会怀念在一起的欢乐，我们执着，岁月依然……

（载于 1996 年 12 月 12 日《牡丹江日报》）

雪　韵

飘雪，是冬天的一种美丽；飘雪，是苍天赐予大地圣洁的礼物；飘雪，荡涤世间的尘埃。雪，纷纷扬扬地从空中飘落，既像数不清的蝴蝶在飞，又像是柳絮轻轻飘舞，这些纷纷扬扬的人间精灵，飘落在大地上，真是美得如醉如痴。尽管我们不知道飘雪为何如此妙曼多姿，却看到了漫天的飘雪混沌了世界，浪漫了人间，这种意境不由得你不重新整理思绪，看待整个世界......

雪，是漫长冬季里故事的主角，可以在天空凝结成雾，在原野堆积成厚厚的雪，在湖面结成薄薄的冰，在树上化成束束雾凇，是令人陶醉的美......

雪，不愧为冬的伴侣。雪与冬相依相偎，雪披着洁白的外衣，迈着轻盈的舞步，踏着舒缓的节奏，与冬紧紧相随，是冬用它的温度延长了雪生命的美丽。

雪，用洁白的身躯装饰了整个世界，绚烂了整个寒冷的冬天。百花谢，天地寒，雪纷飞，在这寒冷的季节，傲雪的寒梅悄然绽放，为人间增添一抹亮色，送来如醉的芳香。

又一个冬天来临，北风呼啸，花木凋零，百鸟迁徙，滴水成冰。仿佛将我带进了一个冷酷无情的世界。然而当天空飘落下来的白雪覆盖整个大地的时候，我忽然感到，原来寒冬也有如此的娇柔、如此的深情……

大自然是神奇的，它鬼斧神工地创造了初春的风、盛夏的雨、晚秋的霜，还有寒冬的雪，让世间变幻无穷，风情万种。

在一年四季中，我深爱的就是寒冬的雪。洁白而又清凉，一片片飘落在我的脸上，让我陶醉，使我遐想……

我想起安徒生童话中卖火柴的小女孩，想起格林的诗“像白雪一样的殿堂”，想起鲁迅先生笔下堆雪“罗汉”的模样……这些不朽的名作，不就是对冬雪诗情画意的倾诉吗？

冬雪的美丽在于它把杂乱的世界披上了统一的银装。晶莹剔透的雪花纷纷地飘落下来，覆盖了整个大地，使人间充满了纯洁、宁静与安详。

雪的精灵以千变万化的舞姿飞临。性急的舞出一番热烈，柔媚的舞出一片轻盈。天地是它生命的旅程，桀骜是它不羁的品性。寒时它以冰之清相迎，暖时它又以水之媚相敬，让人永远为它而留恋，为它而动情……

站在那漫天飞舞的白雪中，望着那银装素裹的世界，我的心被雪震撼，与雪交融。忘掉所有的悲伤、痛苦和失落吧，洁白的大地正等待着我们印上新的足迹，奔向新的征程。

梅花绽放于冬天，梅花和雪相得益彰，“无意苦争春，一任群芳妒。零落成泥碾作尘，只有香如故”。这就是能迎着瑟瑟寒风独自开放的梅花！在寒冬腊月的霜雪中，凌寒独自绽放，三九严寒无所畏惧。梅花这种不畏严寒，高洁而坚强的品格委实值得我们敬仰。

旧梦无须重温

毕业后，曾经让我幸福过也痛苦过的女友回了山东老家。我也阴差阳错地来到了现在工作的小城，过着一种独在异乡的生活。

如水的时光一晃就过去了六年，六年里常忆起那段美好的岁月，感慨也颇多。有许多没有珍惜的事令人惋惜和心痛，在上学那段还算清静的日子里，无论从感情世界还是心灵安慰来说，她在我的心中，常常如一缕清风掠过，而她也常悄悄走进我的梦。六年里也曾无数次想去山东，却终未如愿，一九九六年夏天去河南，我终于去了女友所在的城市。

从校友那里，我知道了女友的近况，早已有人为她做了嫁衣。她的丈夫是汽车司机，对她特别好，儿子也已三岁了，可谓生活美满幸福。听了校友的介绍，想想自己，毕业六年却一直独身一人，在小城里过着一种随波逐流的生活，不觉黯然神伤！故此又打消了去见女友的念头。校友看出了我的心事，便动情地劝我："我知道大学时你们的感情是真实的，是任何物欲的诱惑都无法与之相比的。既然已来了，还是去看看吧，哪怕是见了面就走，也算了却了你的心愿，也许以后见面的机会不会很多。"

在校友的再三催促下，我终于敲开了女友家的门。一个近百平方米的房子，三口之家也并不感觉到空旷。她家虽然说不上豪华，却很有现代生活的气息。新潮的家具、现代化的家用电器一应俱全，男女主人各一个书柜，装得满满的，客厅内一盆藕荷色的仙客来正静静地

牡丹江日報

MUDANJIANG RIBAO

28 星期二 1997年1月 丙子年十二月二十

旧梦无须重温

吕广波

吐着芳香。我知道这一定是她的，因为这是她最喜欢的花。起居室内粉色的窗纱让人感受到家的温馨。

女友的丈夫是地地道道的山东人，他热情爽朗，对于我的到来他并不感到意外，他早就知道我和他妻子曾经是三年的恋人，而他却极真诚地与我交谈。晚饭的时候，一向不经酒精考验的我终于成了那醇香的孔府宴酒的俘虏。其间，他们的儿子一声声“叔叔”，叫得我心里热乎乎的。那个晚上，我们谈了很多很远，但心却很近很近，我感受到了他那男子汉的宽阔的胸襟，我异常地平静。临别，我们已经忘记了是初识，似乎成了交往多年的旧友。

离开山东的前一天，校友说他要安排我和女友单独见面，让我们叙叙旧情。我借故婉言回绝了。校友很不理解我，说我千里迢迢地等于白来一回。我便平静地对他说，我已经很满足了，我已经见到了她，她生活得很好，这是我应该为她祝福的，我不应该去打扰她本来已经很安静的生活了。虽然我们曾经有过一段美好的感情经历，但那是过去的事了，刻骨铭心的爱只能写进我们的历史，年轻时的过错就在于执着与真诚，虽然伤害得最重，但随着时间的流逝会让人忘掉一切的是非恩怨。感情这东西本来就是一团乱麻，如果斩不断，就会越理越乱。已经过去六年了，我又何苦去自寻烦恼？

得不到的东西永远珍贵，就如同去花店观花，你最喜欢的一朵未必能属于你，只能植于心的一隅让它静静地开放，留在你心里永远都是美好的。生活离不开梦，人一生有许多难圆的梦，美梦也罢，噩梦也罢，但旧梦无须再重温了。

（载于 1997 年 1 月 28 日《牡丹江日报》）

岁月感怀

从青葱岁月到白发染鬓，是一个自然过程，人总是在经历中成长、懂得、成熟。那些逝去的岁月，已了无踪影，隐藏在时光深处。事实上，匆匆的时光其实是有痕迹的，在你花白的头发上，在你眼角的细纹里，亦在你温柔的目光里。日子淡淡游走，无波无澜。每个人都有属于自己的每一天，不同的是，选择怎样的心境去面对，生命中，你得相信某种存在，然后在内心抵达。

风雨兼程不是因为心中的理想，也不是为了儿时的梦想，仅仅只是因为生活。一程山水一溪月，一纸年华

一光阴。用自己的拼搏、努力、真诚、热情去创造生活，然后用心品味，方能嗅出生活的味道。因为信念可以激发人向上的情怀，当你拓展了视野，努力拼搏之后，你会发现，生命已在虚妄中开出绚烂的鲜花。努力走好脚下的路，定会有一个问心无愧的归宿，努力是使人萦怀的微风，是窗前一缕温暖的阳光。炎炎的夏日被早晚的凉风吹走，却道“天凉好个秋”。在无情流逝的岁月里，我们每个人连一道微不足道的风景都算不上。人生其实就是带着遗憾的梦一路前行的，如果不让自己的美梦破灭，就要拼搏人生……

人到了一定的年龄，也就变得平和了，因为修炼了一颗波澜不惊的心。年轻时总想得到更多，慢慢才知道，有些东西你抓得越紧，流失得越快，不如顺其自然，睿智地生活，学会与时光互相包容、接纳，删繁就简，向着自己既定的目标前行，说明内心成熟了。

回忆，是人与生俱来的天赋，也许人都有独处时回忆的习惯，回想自己曾经的每一步，人生里每一件刻骨铭心的事，都值得怀念一辈子。今天的努力就是为了明天的回味，所以每一次、每一天的出发都应该是满怀希望，满怀憧憬。

时光是一把无情利器，时刻分割着我们的年华和四季。一年里有人收获了知识，有人收获了爱情，有人收获了成熟，有人收获了白发……一年风雨一程回忆，都悄悄藏在心底。

日复一日的生活平凡又平淡，唯有这样，才是真实的生活。做一个简单的人，尽可能忘记生活中的种种烦恼与忧伤，为自己的心留一席空白之地，做一点自己喜欢做的事情。

晚上坐在书桌前，潇潇洒洒地挥笔写一点书法作品，或沏一杯清茶，捧一本自己喜欢的小说，心浪随书中人物的悲欢离合而起伏，管他窗外清风明月还是细雨霏霏，也是一种香郁馨怡的人生享受吧？

学会等待

在漫长的人生旅途中，我们每个人都永远难以一帆风顺。现实生活中，由于外界潜在的因素，难免会滋生出许多无奈和惆怅，难免会遇到碰壁时的茫然、失意时的困惑。某种程度，某些时候，人们要逃避现实，然而这又不太可能。那么，怎样才能让现实的色彩更趋于和谐呢？要学会等待。

我们每个人都要学会等待，而学会等待并不是件容易的事情。它需要你耐得住清贫，耐得住孤独，等待需

牡丹江日報

2
星期二
1997年9月
丁丑年八月初一
第11899期
（邮发代号13—14）
国内统一刊号
CN23—0004
牡丹江日报社出版

心语集

学会等待

吕广波

在漫长的人生旅途中，我们每个人都永远难以一帆风顺。现实生活中，由于外界潜在的力量，难免会让我们滋生出许多无奈和惆怅，难免会遇到碰壁时的茫然，失意时的困惑。某种程度、某些时候人们要逃避现实，然而这又不太可能，那么怎样才能让现实的色彩更趋于和谐呢？要学会等待。

我们每个人都要学会等待，而学会等待并不是件容易的事情。它需要你耐得住清贫，耐得住孤独；等待需要你有宽广的胸怀。短暂的等待是一种焦灼，它磨炼你的意志；长久的等待是一种痛苦的煎熬，它需要你有坚定的信念。

生活中爱情需要等待，当年轻的朋友小心翼翼地伸出爱情的双手，自认为是得到爱情或陶醉在爱情的海洋里，但他们未必明白爱的含义和真谛，爱不是一见钟情的长相厮守，真正的爱其实是理想的共鸣，感情和友谊的结晶，当两颗心还没有真正贴紧的时候就匆匆结合，自然不会终生相守，自然不会收到真正的甜蜜，爱情因等待才显得更加坚贞，才会永恒。

等待不是要你原地踏步，等待不是无原则地停止，等待是要你静下心来，暂时放慢求索的进程，在等待的同时，你要充分利用时间去思考，审视自己，发现自己和总结自己，在等待中孕育力量，抓住下一次机会，迎接新的挑战。

我们每个人都希望自己能平安潇洒地过一生，但生活不会一帆风顺，既有放歌纵酒的欢乐，也会有举杯消愁愁更愁的烦恼，不可能时时春风拂面，更多的时候是愿望未遂的击节嗟叹，生活宛如角逐场，除了遭遇各种各样的艰难险阻，有时也会碰上心术不正的小人设置的陷阱，遭到别人的指责非议，这时你就要学会等待，拿出豁达的心胸去等待，也许因为你的心灵还很年轻，耐不住等待寂寞，你便多了些盛气而变得浮躁，少了些泰然处之，少了些心平气和的等待，你便失去了许多美好的时机，才多了一些遗憾和抱怨，只有在等待中看清自己的出路，明智地选择你的未来，向你既定的目标努力奋斗，何患不成功！

要你有宽广的胸怀。短暂的等待是一种焦灼，它磨炼你的意志；长久的等待是一种痛苦的煎熬，它需要你有坚定的信念。

生活中爱情需要等待。当年轻的朋友小心翼翼地伸出爱情的双手，自认为是得到爱情或陶醉在爱情的海洋里，他们未必明白爱的含义和真谛，爱不是一见钟情的长相厮守，真正的爱其实是理想的共鸣、感情和友谊的结晶，当两颗心还没有真正贴紧的时候就匆匆结合，自然不会终生相守，自然不会收到真正的甜蜜。爱情因等待才显得更加坚贞，才会永恒。

等待不是要你原地踏步，等待不是无原则地停止，等待是要你静下心来，暂时放慢求索的进程。在等待的同时，你要充分利用时间去思考，审视自己、发现自己和总结自己，在等待中孕育力量，抓住下一次机会，迎接新的挑战。

我们每个人都希望自己能平安潇洒地过一生，但生活不会一帆风顺，既有放歌纵酒的欢乐，也会有举杯消愁愁更愁的烦恼，不可能时时春风拂面，更多的时候是愿望未遂的击节嗟叹。生活宛如角逐场，除了遭遇各种各样的艰难险阻，有时也会碰上心术不正的小人设置的陷阱，遭到别人的指责非议。这时你就要学会等待，拿出豁达的心胸去等待。也许因为你的心灵还很年轻，耐不住等待的寂寞，你便多了些盛气而变得浮躁，少了些泰然处之；少了些心平气和的等待，你便失去了许多美好的时机，多了一些遗憾和抱怨。只要在等待中看清自己的出路，明智地选择你的未来，向你既定的目标努力奋斗，何患不成功！

（载于 1997 年 9 月 2 日《牡丹江日报》）

努力，在路上

和我的小学同学聊天得知，我们当年的班长现在的生活状况较为惨淡。三十多年前，班长也是通过考学进入城市，留在城市工作的。据说他的工作还不错，属于有点小权力的机关工作人员，工作两年后，他就结婚成家了，也曾让人羡慕过。可是谁也没想到，在他的儿子刚出生两个月的时候，他就离婚了，孩子一直由前妻抚养。听同学说，他既没陪孩子成长，也没给孩子抚养费，既没尽到做父亲的责任，也没尽到做父亲的义务。我们的这位老班长这么多年一直一个人生活，每天和他最亲

密的是酒！不到五十岁就病退了，每个月一千多块钱的工资。现在信佛了，用仅有的一点钱，四处游荡，拜名师、访高僧，一心向佛，也要成佛。据说，每每见到同学都高谈阔论他的佛，说佛能改变他的生活，能让他健康，也能让他幸福。

很多时候，一个人懈怠到自暴自弃，想立刻成佛，也是可悲到极致了。一个人最可怕的表现是，当荆棘满地时，你不想着如何平稳度过，不想着如何坚强地面对，不是靠自己的努力战胜困难，而是寄希望于佛，这是想让别人替你去品尝痛苦，而你最后还要踩着别人的身体开拓你所谓的新天地。

人活一世，不求大富大贵，荣耀加身，只求奋力拼搏，对得起自己的良心。人活一世，不要想着成佛，世界上没有一蹴而就的事，一个人因不安于现状、不能忍耐而滋生的不健康的种子，很快会生根发芽，最终开出毒花，吞噬了人的大好前程。脚踏实地地做一个勤勉的修行者，日复一日地积蓄力量，有朝一日，虽不能一鸣惊人，但也可成就自己的理想。成功是不可复制的，每个人的学识、修为、能力不同，每个人的兴趣、爱好、特长也不同，结合自身的特点，扬长避短，实实在在地做好每件事才是成功的基础。

我想我的那位老班长一定是对自己失去了信心，对生活失去了耐心，他看到了成功者金光闪闪的辉煌，他羡慕，岂不知他也曾经是别人羡慕的对象。如今，他却忽略了成功者是历尽了多少艰辛才获得成功的。他们流过泪，他们甚至卑躬屈膝地寻找人脉、寻找机会，他们流过汗，他们为了一单业务顶着烈日奔波......

这个世界上，自己就是自己心中的佛。如果你想做出惊天动地的宏图伟业，那么就做好自己，既不要想着投机倒把，也不要想着投机取巧，一点一点地做，一点一点地进步，相信终会到达心中的绿洲。生命没到终点，我们就在路上......

朋 友

因酒精过敏，我讨厌酒！故而，我对喝酒厌烦透顶。酒桌上的那些在酒精作用下脱口而出的豪言壮语，我讨厌至极。所以平日里，我的朋友貌似不是很多。

但是我渴望结交真心朋友、知心朋友、坦诚相待的朋友，我崇尚古人的“君子之交淡如水”的交友境界。但是现实生活中的朋友，与我们理想的境界有时真是格格不入。在这个物欲横流的社会里，在这个人人“向钱看”的社会里，在赤裸裸的现实面前，似乎没有“小人之交”作为最基础的支柱，“君子之交”也显得那么苍白无力。

人在社会里生活，就必须要有朋友，千金难买是朋友，朋友多了路好走。人们交朋友其实都是有目的性的，最直接的目的就是有困难的时候希望得到朋友的帮助。如果说交朋友是为了利用，这话太难听了，没有人能接受得了，但实质上交朋友都是互相利用，哪怕是最知心的朋友，在你最痛苦的时候，陪你聊聊天、说说话，排解一下苦闷，其实你也是在利用朋友。交朋友不必刻意，不能强求，每个人身上都有亮点！有的人不能和你成为朋友，也许是你们的性格、兴趣、爱好、价值取向不同，不能走进彼此的心灵，但是也不能说他是不可成为朋友的人。朋友是可遇而不可求的。其实人们在社会上交朋友，无论什么地位，不管贫富，人品好才是交朋友的基本看点。

二十一世纪是经济飞速发展的时代，有人说在这个时代背景下“没有永远的朋友，只有永远的利益”，交一个品德高尚的好朋友是一件无比奢侈的事情。我认为不尽然！与人交友，最主要的是要怀有一颗善良的心、真诚的心，只要自己能做到真诚善良，才能要求朋友对你真善，自己都做不到，凭什么要求朋友做到？你对朋友没有真诚善良之心，也一定交不到真诚善良的朋友，那种“见人说人话，见鬼说鬼话”的看人下菜碟的人，可以一时不可一世，时间久了，人人都看透了，没有人愿意和这种人成为朋友。

“海内存知己，天涯若比邻”是朋友相处的最高境界了，现实生活中几乎没有，但却是千百年来人们渴望得到的友情。保持一颗真诚的心，带着一颗善良的心去对待朋友，不被虚伪和欺骗蒙蔽，在生活中不断寻找、不断尝试，争取在每个地方，每个角落都能找到自己的友情。

生活，是一树花开

听说，在每个人的心中都有一尊佛，或是父母，或是朋友，或是自己，或是兄弟姐妹，总是在人最低迷时，给予一副坚强的臂膀，支撑起自己单薄地执着向前。每个人心中的这尊佛就是一个心里暗示，相信有了佛给予的坚强，自己就一定能战胜困难，走向成功的彼岸。

生命中，总有一份爱溢满内心的波涛，荡漾在人生旅途中，看尽一路的风景，不奢望获得，不畏惧失去，坦然面对得失悲喜，平静淡忘相遇相离。生活不是一帆风顺的，总有些时候，事业和诸多的不顺如同冬日里的

延绵细雨，使你悲观到了极点。不要悲观！总有一缕阳光会直达心灵深处，让心间的冰雪消融，让生活绽放一树花开。

岁月是跨不过去的长河，漫长的行走间，找寻属于自己的风景。时光摆渡我们的灵魂，让我们走过人生四季。望见一树花开，望见岁月繁华，生活中，携手一缕阳光，让生命之树常青，不悔过去，不惧将来，在生活中绽放最美的笑颜，为潺潺时光涂满馥郁的花香。

每天都要竭尽所能地喜悦着，快乐地生活着，这是健康的生活态度，即使生命渺小，琐事繁杂，也要想办法让自己孤单下来，哪怕是几分钟，让自己的心有一段时间摆脱俗事。静下心来，读书、写字、品茶，为自己的时光打造唯美的内涵。心情繁杂时，望向一片绿叶、一朵鲜花，望流云荡漾，感受阳光暖暖，让岁月淡然，心思恬静。日子不会薄待我们，只是我们如何对待日子，将平凡的日子过出美好的味道，才能让生活开出馨香的花朵。望一树花开，感受到的一定是内心的温暖，即使生命中无人路过，也要将繁花开满寂静的山谷。当过往烟消云散，内心还存留着灿烂的色彩，仿如山花般烂漫的记忆。

生活，是一树花开，在寒来暑往的岁月中，温暖了流年，润染了笔墨；生活，是我们留下的串串文字，回眸中，生活在心中开满鲜花，那些悲与喜都微不足道，都成了风景，纳入生命的缝隙......

等待，是最初的苍老

在日常生活中，我们经常会听到这样的话，“等我有钱了我要买一部好车”“等我有钱了我要买一套大别墅”“等我有钱了我要给父母买一个大房子”“等我有时间了我要好好陪陪孩子”“等我有时间了我要出去旅游，走遍世界各地”，好像他要是有钱了、发达了，能做到达则兼济天下！

生活中，很多时候我们都是在找客观理由欺骗自己，其实大家都知道，陪伴才是爱的主导，难道真的就忙到连陪孩子的时间都没有吗？等你有时间陪孩子了，可能

孩子已经长大成人了，你已经错过了陪伴孩子成长的最佳时期。等有钱给父母买大房子的时候，父母在等待的过程中早就失望了，有的可能还没等到住上你买的大房子，就撒手人寰了。其实父母需要的不是你买的大房子，只需要你一个问候的电话或常回家看看。

等待自己认为合适的时间、地点和条件，这是一个漫长的过程，并不是每一段等待都有美好的归宿，并不是每一段等待又如你所愿，并不是每一段等待都能给你一个圆满的结局。在这个过程中，你可能错过了孩子的成长期，你可能会失去父母，你也可能失去朋友。也有的人说，今生我实现不了的，来世实现。真的有来世吗？我们谁也没去过另一个世界。人们总是喜欢把今生的遗憾和过错转嫁于来世。即使真有来世，真的就能弥补上辈子的遗憾吗？还是活在当下吧！别管有没有来世，别管有没有下辈子，这辈子不管下辈子的事，最起码这辈子不留太多的遗憾。

不能开车出去旅游，就骑着自行车到处溜达溜达；不能周游世界，就到公园里走走；不能回家陪父母，就打个电话问候一声。不要无休止地等待，时光就是在无尽的等待中悄悄流逝，多少次等待也就在岁月中渐渐地老去，也许有些事依旧没做，有些人依旧没见……

不要在离开后，才懂得陪伴；不要等生病了，才珍惜健康；不要等到失去了，才懂得珍惜。春有百花秋有月，夏有凉风冬有雪，再美的风景也只能相伴一时，都是弥足珍贵的。等待是最初的苍老，是意志消沉的信号，别让生命成为一场无尽的等待。

杂文篇

ZA WEN PIAN

一碗炸酱面与订单80万

在某报上，曾经登载这样一件事，天津市力源蓄电池有限公司从韩国国际蓄电池株式会社引进铸板机、灌酸机，韩国客商随即来津调试。一天中午，由于时间关系，总经理将韩国客人领到一家小面馆，花了五元钱请客人吃了一碗炸酱面。同时，主人为没能很好地招待客人而道歉。但客人却不在乎，相反还很兴奋，当即表示要与力源长期合作，并当场敲定大量订购力源生产的蓄电池成品和半成品，同时签订了八十万元的订单。事后这位客商说，他跑遍了大半个中国，经常受到豪华的宴请，他对这种浪费是很心痛。力源让他想起他们公司创业之

在某报上，曾经登载这样一件事，天津市力源蓄电池有限公司，从韩国国际蓄电池株式会社引进铸板机、灌酸机，韩国客商随即来津调试。一天中午由于时间关系，总经理将韩国客人领到一家小面馆，花了5元钱请客人吃了一碗炸酱面。同时主人为没能很好招待客人而道歉。但客人却不在乎，相反还很兴奋。当即表示要与“力源”长期合作，并当场敲定大量预定“力源”生产的蓄电池成品和半成品，同时签订了80万的订单。事后这位客商说，他跑遍了大半个中国，经常受到豪华的宴请，他对这种浪费是很心痛的。“力源”让他想起他们公司创业之初的精打细算，讲究效率的工作精神。其实不光韩国，其它的西方国家很多企业都是特

一碗炸酱面与订单80万

别勤俭持家的。

读罢此文，笔者颇有感触。我想艰苦奋斗的精神之所以不能丢，恐怕不仅是为了节俭，更重要的是使人始终保持一种奋发向上的精神。当前，有许多企业虽然濒临倒闭，却同样在大吃大喝，笔者所在的企业就如此。拖欠职工的工资达一年之久，然而该企业上半年的招

初的精打细算、讲究效率的工作精神。其实不光韩国，其他国家很多企业都是特别节俭的。

读罢此文，笔者颇有感触。我想，艰苦奋斗的精神之所以不能丢，恐怕不仅是为了节俭，更重要的是使人始终保持一种奋发向上的精神。当前，有许多企业虽然濒临倒闭，却仍然在大吃大喝，笔者所在的企业就如此。拖欠职工的工资达一年之久，然而，该企业上半年的招待费高达二十多万元，展览会、订货会、座谈会等等，无论是大会还是小会，都要大吃大喝一番，一个客人十几个陪吃的，有时还请官员陪吃。

古有“成由节俭败由奢”的警示，我真的希望我们众多的企业经营者都能牢记这一古训，牢记艰苦朴素的光荣传统，在企业的经营活动中，对每一分钱都要精打细算，把钱用在企业的发展上，不要浪费在吃喝中。经营者们不妨从天津力源这件事上借鉴些对企业有益的思想。

（载于2001年11月27日《杂文报》）

从“两森”看廉洁

二十世纪九十年代的第五个年头里，有一个名字震撼着华夏大地，响彻祖国大江南北，他就是带领西藏少数民族群众建设家园的孔繁森。也是在同一个年头里，在我们的京都也出现了一个令华夏子孙痛恨，道德败坏、生活糜烂、鲸吞巨资二十五万，挪用公款逾亿的王宝森。孔繁森、王宝森，同为我党的干部，然举国上下，却敬仰前者而唾骂后者，不禁使人感慨万千。

为官者“贫”与“贪”、“美”与“丑”泾渭分明，标准需要你自己去界定。孔繁森在海拔四千米的高原上，脱下毛衣为藏胞御寒，他不冷吗？他不怕冷。两个藏胞

江铃之窗

开放之窗

从『两森』看廉洁

□吕途

4 1996

九十年代的第五个年头里，有一个名字震撼着华夏大地，响彻祖国大江南北。他就是带领西藏少数民族建设家园的孔繁森。也是在同一个年头里，在我们的京都也出现了一个令华夏子孙痛恨，道德败坏、生活靡烂、鲸吞巨资25万，挪用公款逾亿的王宝森。孔繁森、王宝森，同为我党的干部，然举国上下，却敬仰前者唾骂后者，不禁使人感慨万千。

为官者“贫”与“贪”、“美”与“丑”泾渭分明，标准需要你自己去界定。孔繁森在海拔四千米的高原上，脱下毛衣为藏胞御寒，他不冷吗？他不怕冷。两个藏胞孤儿需要照顾，他三次卖血换来900元钱，他不疼吗？他不怕疼。就因为他是咱百姓的好“父母官”。再看王宝森，他用百姓的血汗钱营造自己的豪华别墅，长期租用高级宾馆，挪用巨款达上亿元。他心里就不怕吗？坏就坏在了他的“贪心”上，他敢以身试法。

“两森”现象成了两面镜子，时刻告诫我们党的干部，要牢记全心全意为人民服务的宗旨，牢记自己手里的权力是人民给的，要用人民所给的权力为人民谋求幸福。若以身试法，必会受到法律的制裁，遭人民的唾弃。

孤儿需要照顾，他三次卖血换来九百元钱，他不疼吗？他不怕疼。就因为他是咱百姓的好官。再看那些贪官，他们用百姓的血汗钱营造自己的豪华别墅，长期租用高级宾馆，挪用巨款。他们心里就不怕吗？坏就坏在了他们的“贪心”上，他们敢以身试法。

“两森”现象成了两面镜子，时刻告诫我们党的干部，要牢记全心全意为人民服务的宗旨，牢记自己手里的权力是人民给的，要用人民所给的权力为人民谋求幸福。若以身试法，必会受到法律的制裁，遭到人民的唾弃。

（载于1996年4月《江铃之窗杂志》）

一分钱毕竟是钱

前不久，笔者在某商场服装柜台前购物，看到有位身着华丽服装的少妇，选中了一件衣服，就在她从兜里掏钱时，一分钱滑落地上，她旁边的一位顾客提醒她说："同志你的一分钱掉了。"这位少妇踢了一脚说："啊！一分钱哪？一分钱还是钱吗？"

我们应该承认，近几年人民生活水平提高了，别说一分钱，就是一角钱、一元钱，生活富裕的人也不会把它放在眼里。然而，我们对掉在地上的一分钱却不能也不应该视而不见，因为一分钱毕竟是钱，它是中华人民共和国的货币，难道非要踢它一脚吗？

绥化日报

1分钱毕竟是钱

前不久笔者在某商场服装柜台前购物，看到有位身着华丽服装的少妇，选中了一件衣服，就在她从兜里掏钱时，一分钱滑落地上，她旁边的一位顾客提醒她说：“同志你的一分钱掉了。”这位少妇踢了一脚说：“啊！一分钱哪？一分钱还是钱吗？”

我们应该承认近几年人们生活水平提高了，别说一分钱，就是一角钱、一元钱生活富裕的人也不会把它放在眼里。然而，我们对

我们不要小看一分钱，在我们这个拥有12亿人口的大国，温饱问题毕竟刚刚解决，还有多少人把一分钱掰成两半花呢！如果我们每个人都珍惜一分钱的话，把一分钱攒起来，加在一起那就是120万，可以建多少所希望小学，可以救助多少失学儿童！

请珍惜一分钱。

（载于1996年4月16日《绥化日报》）

麦当劳的厕所不收费

在牡丹江百货大楼上厕所，每次要交费两角钱。来来往往的购物者颇不以为意。前不久曾有新闻媒体报道，北京王府井大街上的美国连锁品牌快餐店麦当劳，在店内修建了豪华的厕所，过往的行人免费使用。这些精明的美国人这样做的目的，无非就是宣传自己，无论你去不去麦当劳就餐，都会让你知道王府井大街上有麦当劳快餐店，人们对麦当劳也会产生一种好感。

仔细想想，麦当劳的做法很值得牡丹江人借鉴。牡丹江百货大楼春节、3·15及近日的“零点利”让利销售，并保证发现商品有质量问题加倍赔偿，外市县购买大件

镜泊晚报

挑挑刺

麦当劳的厕所不收费

——吕广波

在牡丹江百货大楼上厕所，每次要交费两角钱。来来往往的购物者颇不以为然。前不久曾有新闻媒介报道，北京王府井大街上的美国麦当劳快餐店，在店内修建了豪华的厕所，免费为过往的行人使用。这些精明的美国人这样做的目的，无非就是宣传自己，无论你去不去麦当劳就餐，都会让你知道王府井大街上有麦当劳快餐店，人们对麦当劳也会产生一种好感。

仔细想想，麦当劳的做法很值得牡丹江人借鉴。牡丹江百货大楼春节、3·15及近日的“零点”利让利销售，并保证发现商品有质量问题加倍赔偿，外市县购买大件商品实行送货上门服务等等举措，的确是赢得了广大顾客的称誉，也招徕了许多顾客。然而近日笔者就看见一位农村青年气冲冲地从厕所内走出来，对收费人员说：“怎么，来你们这里买东西，上趟厕所还收费。”在女厕所旁笔者也听见两位中年妇女在议论说：“这里的厕所收费。”而这种现象在市内其它各大商店也同样存在。

听到她们的议论，不禁使人联想到，她们是因为厕所的收费太贵而拿不出两角钱吗？一定不是，两角钱对现在的人已算不了什么。我想她们是对这种收费的厕所不能理解，我们何不学学麦当劳。

商品实行送货上门服务等等举措，的确是赢得了广大顾客的称赞，也招来了许多顾客。然而，近日笔者就看见一位农村青年气冲冲地从厕所内走出来，对收费人员说：“怎么，来你们这里买东西，上趟厕所还收费？”在女厕所旁，笔者也听见两位中年妇女在议论：“这里的厕所收费。”而这种现象在市内其他各大商店也同样存在。

听到她们的议论，不禁使人联想到，她们是因为厕所的收费太贵而拿不出两角钱吗？一定不是，两角钱对现在的人已算不了什么。我想她们是对这种厕所收费的做法不能理解，我们何不学学麦当劳？

（载于 1996 年 5 月 6 日《镜泊晚报》）

仅有"忌语"是不够的

半年多来，全国商业、服务性行业兴起了一股不说"忌语"风，国家卫生部和各地的卫生部门出台政策、措施、方案，这种做法不但得到了老百姓的拍手称赞，而且对全国服务行业的精神文明建设也起到了积极的促进作用。

但我们也不要把"忌语"的作用估计得太高，服务质量的提高与否，绝不是说不说几句"忌语"就能影响的。

不久前，笔者在某家医院的夜间急诊室内，亲眼看见了这样幕：一对青年夫妇，因独生儿子前臂布满出血

镜泊晚报

《镜泊晚报》

一九九六年五月十五日

仅有「忌语」是不够的

●吕广波

商苑杂谈

半年多来，全国商业、服务性行业兴起了一股不说“忌语”风；国家卫生部和各地的卫生部门也相应出台了医务界“忌语”若干句，这种做法不但得到了老百姓的拍手称赞，而且对全国的服务行业的精神文明建设也起到了积极的促进作用。

但我们也不要把“忌语”的作用估计得太高，服务质量的提高，决不是说不说几句“忌语”就能改观的。

不久前，笔者曾在某家医院的夜间急诊室内，亲眼目睹了这样一幕：一对青年夫妇，因独生儿子前臂布满出血点皮肤瘙痒而夜不能眠，匆匆来该院就诊。当班的那位年轻医生，

大事。”然后又和旁边的护士继续天南地北地胡侃。那对夫妇又问一

句：“大夫，你看用吃

就没事。实在愿意开药，你去拿个处方吧！反正我们这儿也没有什么好药。”

看过这一幕，笔者感触颇深，虽然这位年轻的医生没说一句“忌语”，但他对患者的那种态度，实在让人难以接受。作为一个救死扶伤的医务工作者，他连基本的职业道德素质都不具备，更何谈服务质量啊？

因此，笔者认为全国商业和服务行业开展的“忌语”活动还是该

点，皮肤瘙痒而夜不能眠，匆匆来该院就诊。当班的那位年轻医生漫不经心地看了一眼说：“不要怕，没什么大事。”然后又和旁边的护士继续天南地北地胡侃。那对夫妇又问一句：“大夫，你看吃点什么药？”医生极不情愿地说：“我说没事就没事，实在愿意开药，你去拿个处方吧！反正我们这儿也没有什么好药。”

看到这一幕，笔者感触颇深，虽然这位年轻的医生没说一句“忌语”，但他对患者的那种态度，实在让人难以接受。作为一个救死扶伤的医务工作者，他连基本的职业道德都不具备，何谈服务质量啊？

因此，笔者认为，全国商业和服务行业开展“忌语”活动还是该建立在全面提高服务质量的基础上。

（载于 1996 年 5 月 15 日《镜泊晚报》）

爱子贵在教

“望子成龙，望女成凤”，这是普天下父母都企盼的，然而无论是成龙也好，成凤也罢，望归望，重在如何教育子女。《新三字经》里曾有“教之道，德为先”一说，这一道理虽然人人都明白，可现在的为人父母者，在教育子女时却没有做到。

现在的家长对待子女是“放在手上恐怕吓，含在嘴里又怕化”。孩子在父母的娇纵和溺爱下，成了家里的“小皇帝”。这些“小皇帝”在家里是衣来伸手饭来张口，油瓶子倒了宁可绕着弯儿走。父母不但不让孩子做

牡丹江日報

★第34期 ★1996年5月16日 星期四

爱子贵在教

□吕广波

“望子成龙，望女成凤”，这是普天下父母都企盼的，然而无论是成龙也好，成凤也罢，望归望，重在如何教育子女。《新三字经》里曾有“教之道德为先”一说，这一道理虽然人人都明白，可现在的为人父母者，在教育子女时却没有做到。

现在的家长对待子女是“放在手上恐怕吓，含在嘴又怕化。”孩子在父母的娇纵和庇护下，成了家里的“小皇帝”。这些“小皇帝”在家里是衣来伸手，饭来张口，油瓶子倒了宁可绕着弯儿走。父母不但不让孩子做些力所能及的家务，而且对孩子的贪婪，骄奢，霸道的要求一一满足。一旦父母没有满足“小皇

里长大，娇生惯养的“小皇帝”们，能否独立生活，能否经受住几番风雨。

某公司总经理的千金，因在工作单位受点委屈，父母索性辞了工作，在家里闲居。这位千金小姐频频出入于OK厅、游戏厅，每天还要享受一盒红塔山……。

我们承认现在生活水平提高了，我们不再搞“磨难教育”、“忆苦思甜”，但是，曾经闻名全国的杨百万的教子之道我们总该借鉴吧！美国总

教子良方

些力所能及的家务，而且对孩子的无理要求也一一满足。一旦父母没有满足“小皇帝”的要求，“小皇帝”便“龙颜”大怒，又哭又闹，摔东西，更有甚者躺在地上打滚，直到满足了要求才肯起来。这种状况实在让人担忧。中国有句老话说“将门出虎子”。我们担心的不是能否出虎子，而是这些从小在温室里长大、娇生惯养的“小皇帝”们，能否独立生活，能否经受住几番风雨。

某公司总经理的千金，因在工作单位受点委屈，父母索性让她辞了工作，在家里闲居。这位千金小姐频频出入于歌厅、游戏厅，每天还要享受一盒红塔山。

我们承认，现在生活水平提高了，我们不再搞“磨难教育”“忆苦思甜”，但是，曾经闻名全国的杨百万的教子之道我们总该借鉴吧！美国总统我们不能说他没有钱吧！然而他们的子女年满十八周岁，不也是独立生

活吗！

爱子、怜子之心本来是人之常情，但需要有度，绝不能溺爱，假如有一天“家道中落”了，如此“四体不勤、五谷不分”的“小皇帝”们怎么能自食其力呢？

（载于 1996 年 5 月 16 日《牡丹江日报》）

比金子还重要的是健康

曾经听人说过，张家港市白天看像深圳，晚上看像香港。这句话的意思我们都明白，深圳和香港不但经济繁荣发达，而且市容环境优美，特别是夜间隔江而望香港不眠的灯火，特别美丽。那张家港市呢？一个县级小市，为什么同深圳和香港有一比呢？我们“学习张家港，创建卫生文明城”，是否也该探寻张家港市为什么能成为全国的卫生文明城呢？

某报曾报道，张家港市一名领导说，“即使某个企

牡丹江日報

星期天 增刊

牡丹江日报 1996年7月7日

丙子年五月廿二 第386期

MU DAN JIANG DAILY

SUNDAY

电话：6223208 6222702—217

□精神文明大家谈

比金子还重要的是健康

吕广波

业生产黄金，如果它危害环境，有损人民健康，我们也要把它迁走”。这句话充分表明了张家港人在经济建设与环境保护、金钱与健康的关系方面的态度。正因为有了这种把健康看得比黄金还重要的态度，张家港人注重环境建设，把防止环境污染，确保人民身心健康放在首位，敢于同不文明、不卫生的陋习和传统观念决裂。张家港市的市民养成了卫生、文明、维护社会公德的良好习惯，张家港的街道上没有随地吐痰的人，没有吸烟的人，更没有垃圾和噪音。再看看牡丹江呢，随地吐痰者比比皆是，在大街上和公共场所吸烟者随处可见，街道上的噪音更是此起彼伏。张家港市的市民早起做的第一件事就是搞卫生，我们牡丹江人能做到这一点吗？为什么不能做到这一点？

张家港市每前进一步，都从更新观念、强化市民整体意识开始，始终坚持健康重于黄金的态度，认真贯彻经济建设与环境协调发展的方针。的确，张家港市创造出整洁优美且有利于人们身心健康的市容环境，同时经济也得到了迅速发展。良好的自然环境和生态环境是经济和社会发展的基础，如果我们破坏这个基础，就减弱了对经济发展的支撑能力。那种一味赚钱而不管不顾环境污染与否的做法，是罪不可赦的。向张家港学习，创建卫生文明城要拿出实实在在的措施来，更重要的是要有张家港人的那种把健康看得比金子还重要的态度，那是一种很有远见的态度。

（载于 1996 年 7 月 7 日《牡丹江日报》）

如此“减肥”不可取

随着人们生活水平不断提高，社会上的胖人越来越多了，人胖了需要减肥，那么政府机关太“胖”也必须要“减肥”，精简机构，裁减冗员。然而在某些地方却出现了这样一种不可取的“减肥”方法。

前不久笔者听说，某国家机关科室精简了两块“肥肉”到某个镇企业任正副经理，而该镇原来的两位正干得热火朝天的经理，却不知该怎样“发落”。这种“减肥”，笔者认为非但没有效果，反而后患无穷。因“减肥”而把“肌肉”也牵扯上了，这种现象，在某些地方机构

镜泊晚报

一九九六年七月二十三日 星期二 第三九四号

世相我说

如此“减肥”不可取

吕广波

随着人们生活水平不断提高，社会上的胖人越来越多了，人胖了需要减肥，那么政府机关太“胖”也必须要“减肥”，精简机构裁减冗员。然而在某些地方却出现了这样一种不可取的“减肥”方法。

前不久笔者听说某国家机关科室精简了两块“肥肉”到某个镇去任镇企业公司正副经理，而该镇原来的两位正干得热火朝天的经理却不知该被怎样发落。这种“减肥”，笔者认为非但没有效果，反而后患无穷。因“减肥”而把“肌肉”也牵扯上了，这种现象，在某些地方机构改革并不少见。笔者认为这种“减肥”方法，虽然在表面上是“减肥”了，其实质是只能减轻了改革的力度，不但“减”歪了改革的路子，最终“减”伤了一些实干家们的心。

由此可见，因减“肥肉”把“肌肉”也牵扯的“减肥”方法实不可取。

改革中并不少见。笔者认为，这种“减肥”方法虽然在表面上是“减肥”了，其实质是只能减轻改革的力度，不但“减”歪了改革的路子，最终“减”伤了一些实干家们的心。

由此可见，因减“肥肉”把“肌肉”也牵扯的“减肥”方法实不可取。

（载于 1996 年 7 月 23 日《镜泊晚报》）

换个角度思考如何

前不久，我因买水果经历了一件事，让我深受启发。我对桃特别偏爱，出差前到市场打算多买些桃，谁知卖桃的那位摊主却对我说：“在水果中桃是最不好保管的，鲜桃最多能保存两天，如果是碰破的，只能保存一天一宿，你出差去南方，桃更容易烂，还是少买些吧！省得吃不了，白花钱。”

小商贩们多数是见了买主就猛宰一把，巴不得把东

牡丹江日報

1996年7月26日 星期五 农历丙子年六月十一 第11559号

13——14

消费市场

换个角度思考如何

李叫真逛街

前不久，我[illegible]曾因买水果经历了一件事，让我深受启发。我对桃特别偏爱，出差前到市场打算多买些桃，谁知卖桃的那位摊主却对我说：在水果中桃是最不好保管的，鲜桃最多能保存两天，如果是碰破的，只能保存一天一宿，你出差去南方，桃更容易烂，还是少买些吧！省得吃不了，白花钱。

小商贩们多数是见了买主就猛宰一把，巴不得把东西全卖给你，而这位摊主却完全站在了顾客角度去想问题，实在值得赞赏。如果在我们的服务行业中，都树立一种为顾客着想的思想，经常把自己放在被服务者的位置上想问题，我们的服务肯定会搞好的。　　（吕广波）

西全卖给你，而这位摊主却完全站在了顾客角度去想问题，实在值得赞赏。如果在我们的服务行业中，全面树立一种为顾客着想的思想，经常把自己放在被服务者的位置上想问题，我们的服务肯定会搞好的。

（载于 1996 年 7 月 26 日《牡丹江日报》）

要培养孩子自立

当前，有的家长对孩子溺爱娇纵，娇生惯养，特别是独生子女的家长，把孩子比作心肝宝贝，甚至有的家长把孩子当成“小祖宗”一样看待。最不能让人理解的是，有些家长对孩子的溺爱已到了极点，孩子做了错事也百般庇护。

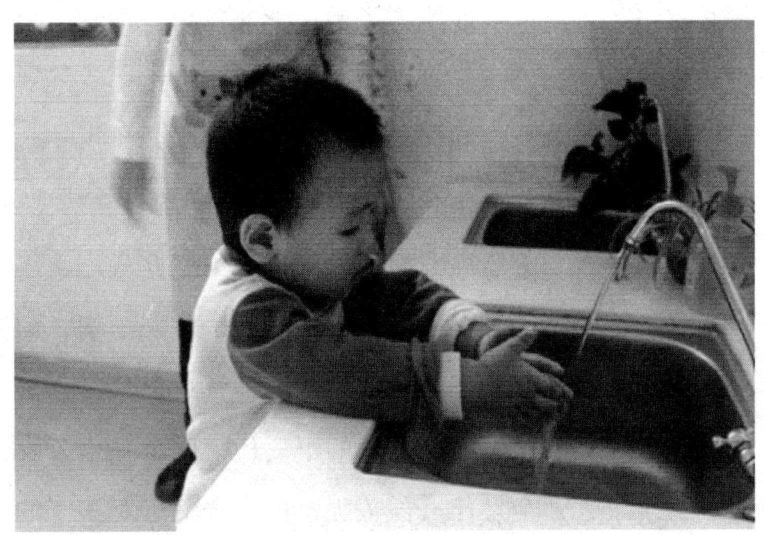

有的家长过早地给孩子增加学习负担，或者把孩子关在家里死读书本，或者把孩子送这个艺校、那个艺术班学习，盼望着孩子长大后成为钢琴家、书法家、画家、

黑龙江农村报

教子良方

要培养孩子自立

□吕广波

当前，有的家长对孩子溺爱娇纵，娇生惯养，特别是独生子女的家长，把孩子比作心肝宝贝，甚至有的家长把孩子当成“我的小祖宗”一样看待。最不能让人理解的是有些家长对孩子的爱已到了极点，孩子做了错事也百般庇护。

有的家长过早地给孩子增加学习负担，或者把孩子关在家里死读书本，或者把孩子送这个艺校、那个艺术班学习，盼望着孩子长大后成为钢琴家、书法家、画家、名星、作家等等。我们做家长的都忽略了这一点——有钱却不一定使孩子有天赋，虽然我们并不完全赞同“天生我材必有用”，但过早地给孩子增加学习负担是不利于孩子成长的。

对孩子的娇生惯养和

包办一切，如果做父母的总当保姆，势必要养成孩子懒、散、骄、横的不良习气。试想如果我们的下一代两个独生子女组成一个家庭，会是什么样子呢？按当今父母对孩子的教育方法下去，可能等孩子结婚后自己的衣服也要千里迢迢回到家里让父母给洗，做什么饭、炒什么菜、怎么做，怎么炒……真没法想象下去。

其实，作父母的应该在孩子小的时候，鼓励孩子做些力所能及的家务活。比如擦桌椅、洗碗碟等，孩子稍大些让孩子自己洗洗衣服，从小培养孩子爱劳动的良好习惯，只有使孩子具备了热爱劳动的素质，长大后才能适应各种职业。

按父母的义务，供养孩子到18岁，以后的路就让孩

明星、作家等等。我们做家长的都忽略了一点，有钱不一定能使孩子有天赋，虽然我们并不完全赞同“天生我材必有用”，但过早地给孩子增加学习负担是不利于孩子成长的。

对孩子娇养放纵和做一些拔苗助长的无功付出，都是不正确的。作为父母，应该从小培养孩子的自立精神，在学习、生活、劳动等方面多教给孩子一些立身之本。当父母的不要总当“保姆”，包揽一切，包办一切，如果做父母的总当保姆，孩子势必要养成懒、散、骄、横的不良习气。试想，如果我们的下一代，两个独生子女组成一个家庭，会是什么样子呢？按当今父母对孩子的教育方法走下去，可能等孩子结婚后自己的衣服也要千里迢迢背回家让父母给洗，做什么饭、炒什么菜，怎么做、怎么炒……真没法想象下去。

其实，做父母的应该在孩子小的时候鼓励孩子做些力所能及的家务，比如擦桌椅、洗碗碟等，孩子稍大些让孩子自己洗洗衣服，从小培养孩子爱劳动的良好习惯。只有使孩子具备了热爱劳动的品质，他们长大后才能适应社会。

按父母的义务，供养孩子到18岁，以后的路就让孩子自己去走，必要时父母在宏观上指导一下也就可以了。总之，教给孩子独立生活的本领，培养孩子自立能力，才是做父母的义务。

（载于1996年9月17日《黑龙江农村报》）

别只为自己活着

不久前，刚出家门便见到这样一个场景：一个少妇，眼泪汪汪地对一个推着自行车的中年人说："大哥，请你帮帮我吧！前面跑的那个人抢了我的项链，我穿着高跟鞋追不上他。"而那位中年人就像没听见一样，任少妇再三央求也没动怜悯之心。"怎么回事，怎么啦？"随着几声高喊，此时已经围上了一群人，要说我们中国就是不缺人。那位少妇懊丧地说："我的项链被人抢了，就是前面跑的那个人。"刚才还是很高的喊声却突然消失了，没有一个勇敢者去追那个在光天化日里抢项链的犯罪分子。难道他们就没有一点正义感吗？

当然不是。然而要不计得失地去帮助别人，却是一

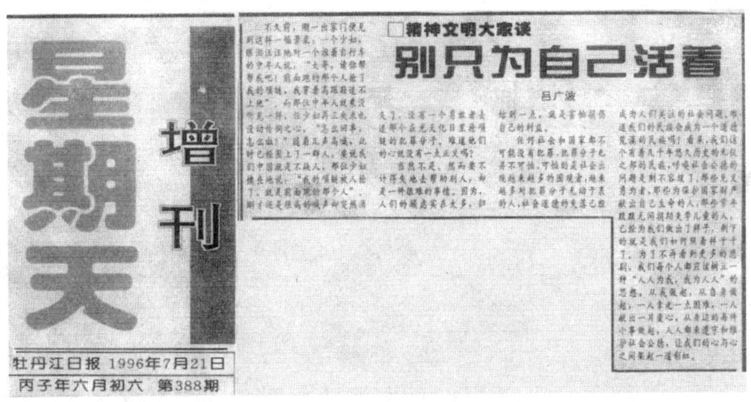

星期天 增刊

牡丹江日报 1996年7月21日

丙子年六月初六 第388期

精神文明大家谈

别只为自己活着

吕广波

件很难的事情。因为，人们的顾虑实在太多，归结到一点，就是害怕损害自己的利益。

任何社会和国家都不可能零犯罪，犯罪分子也并不可怕，可怕的是社会出现越来越多的围观者，越来越多对犯罪分子无动于衷的人，社会道德的失落已经成为人们关注的社会问题，难道我们的民族会成为一个道德荒漠的民族吗？看来，我们这个有着几千年悠久历史的礼仪之邦，呼唤社会公德是刻不容缓了。那些见义勇为者，那些为保护国家财产而献出自己生命的人，那些常年默默无闻资助失学儿童的人，已经为我们做出样子，剩下的就是我们如何照榜样去干了。为了不再看到更多的悲剧，我们每个人都应该树立一种“人人为我，我为人人”的思想，从自身做起，一人拿走一点困难，一人献出一片爱心，从身边的每件小事做起，人人都来遵守和维护社会公德，让我们的心与心之间架起一道彩虹。

（载于 1996 年 7 月 21 日《牡丹江日报》）

忠告“馈赠”者

七月份的时候，我曾经参加过一次抢救，抢救一个因触电而死亡的民工。当时我们十几人轮流给患者做人工呼吸、胸部按压，虽然紧张忙碌了近四个小时，但终因没有回天之术，无法让一个年仅十八岁的孩子复活。事后，民工所在建筑公司的领导一再说我们的那种救死扶伤的人道主义精神很使他们感动，再三邀请我们吃饭，都被我们领导谢绝了。

说实在的，没能救活一个年仅十八岁的孩子，我们都很惋惜，但我们已经尽了我们的全部力量了，当然也无愧于我们的职责。可是让我不能理解的是，我们做了我们分内的工作，尽了我们应尽的职责，他们却要请我们吃饭，我认为大可不必。

其实，在如今的生活中类似我说的情况确实不少，我们不是经常听说或看见吗，某医生成功地抢救了一个患者，家属往往是先请吃饭，然后再送上一面印有“妙手回春”“技术精湛”“医德高尚”等称赞之语的锦旗。某警察破获了一起盗窃案或与歹徒搏斗使一人免于一死，家属也要送上一面印有“英勇神探”“人民的好卫士”等称谓的锦旗。其实，我认为这些做法在某种意义上说，没有什么好处。

医生也好警察也罢，他们的职责是什么？医生的天职不就是救死扶伤吗？警察的天职不就是保护人民生命财产安全吗？他们只是做了他们的本职工作，尽了他们的义务。这次他做了他应该做的工作，你又是请吃饭，又是送锦旗，又是送礼，下次他还是做了同样的事情，

星期天 增刊

牡丹江日报 1996年8月11日
丙子年六月廿七 第391期

□精神文明大家谈

忠告“馈赠”者

桦林集团公司 吕广波

七月份的时候，我曾经参加了一次抢救一个因触电死亡的民工。当时我们参加的十几人轮流给患者做人工呼吸、胸部按压，虽然紧张忙碌了近四个小时，但我们终因没有回天之术，让一个年仅十八岁的孩子复活。事后，民工所在建筑公司的领导，一再说我们的那种救死扶伤的人道主义精神，很使他们感动，再三邀请我们吃饭，都被我们婉辞谢绝了。

说实在的没能救活一个年仅十八岁的山东孩子我们都很惋惜，但我们已经尽了我们的全部力量了，当然也无愧于我们的职责，可是让我不能理解的是，我们在做了我们份内的工作，尽了我们应尽的职责，他们却要请我们吃饭，我认为大可不必。

其实在如今的生活中类似我说的情况确实不少，我们不是经常听说或看见吗，某医生成功地抢救了一个患者，家属往往是先请吃饭，然后再送上一面印有“妙手回春”、“技术精湛”、“医德高尚”之类的锦旗。某警察破获了一起盗窃案或与歹徒搏斗使一人免于一死，家属也要送上一面印有“英勇神探”、“人民的好卫士”等之类的锦旗。其实我认为这些做法在某种意义上说，没有什么好处。

医生也好警察也罢，他们的职责是干什么的？医生的天职不就是救死扶伤吗？警察的天职不就是保护人民生命财产安全的吗？他们只是做了他们的本职工作，尽了他们的义务，这次他做了他应该做的工作，你又是请吃饭又是送锦旗又是送礼，下次他还是做了同样的事情，又轮到别人了，会怎么样呢？久而久之，也就形成了社会上的一种不正之风。我们一直耿耿于我们的社会精神文明淡漠了，我们一直痛斥各种腐败现象，那为什么我们偏去搞那套所谓的“馈赠”来助长不正之风呢？

又轮到别人这样做了，久而久之，社会上也就形成了一种不正之风。我们一直耿耿于我们的社会精神文明淡漠了，我们一直痛斥各种腐败现象，那为什么我们偏去搞那套所谓的“馈赠”来助长不正之风呢？

（载于1996年8月11日《牡丹江日报》）

培养孩子的成功感

每一个做父母的都盼望自己的孩子能出人头地，这是一种普遍存在的心态。然而孩子能否成才与孩子的成功感有密切关系。

做父母的应该在孩子取得一点成绩后，及时总结经验，以便帮助孩子取得更大成绩；当孩子失败时，及时帮助孩子总结教训，以便向着成功的方向努力。不要让失败和困难阻挡孩子向上的愿望。

孩子的成功感不是与生俱来的，而是在日常生活和学习中一次次取得成功后培养而获得的。如教孩子下象

黑龙江农村报

HEILONGJIANG COUNTRYSIDE NEWS

培养孩子的成功感

□吕广波

每一个做父母的都盼望自己的孩子能出人头地，这是一种普遍存在的心态，然而孩子能否成才与孩子的成功感有密切关系。

做父母的应该在孩子取得一点成绩后，及时总结经验以使帮助孩子取得更大成绩；当孩子失败时，及时帮助孩子总结教训，以使向着成功的方向努力，不要让失败和困难阻挡孩子向上的愿望。

孩子的成功感不是与生俱来的，而是在日常生活和学习中一次次取得成功后培养获得的。比如，教孩子下象棋，父母应从基础教起，当孩子对象棋产生了兴趣，你再让孩子赢你几盘；当孩子体验到了成功的喜悦，你再教孩子怎样走内部棋，拼杀，中盘等等，在学习等方面也如此，长时间下去就会迸发出向更大目标前进的动力。孩子只要怀有成功感就会产生强烈的求知欲望。

在日常生活中，有一些很不了解孩子心理的家长，对孩子的失败缺乏耐心，一旦孩子失败，往往把“笨”、“完了”、“没出息”一类的气话随便说给孩子听，孩子的心理承受能力自然不比成人，父母一句不恰当话都会损伤孩子的自尊心，孩子看到父母对其失去了信心，在学习上自然也就失去了进步的决心。孩子一般都喜欢听表扬的话，比如考试取得了百分，不但要听到父母的表扬，而且家里来了小伙伴也要主动告诉他们，以满足荣誉感。父母的表扬是对孩子的承认和赞许，这样会使孩子倍加努力去争取百分，久而久之，就会增强孩子努力作好任何事情的决心和毅力。适当的表扬和赞许实际上都是培养孩子成功感，对教育孩子大有益处。

棋，父母应从基础教起，当孩子对象棋产生于兴趣，你再让孩子赢你几盘；当孩子体验到了成功的喜悦，你再教孩子怎样走下部棋、拼杀中盘等等。在学习等方面也如此，长时间下去就会迸发出向更大目标前进的动力。孩子只要怀有成功感就会产生强烈的求知欲望。

在日常生活中，有一些很不了解孩子心理的家长，对孩子的失败缺乏耐心，一旦孩子失败，往往把“笨”“完了”“没出息”一类的气话随便说给孩子听，孩子的心理承受能力自然不比成人，父母一句不恰当的话便会损伤孩子的自尊心，孩子看到父母对其失去了信心，在学习上自然也就失去了进步的决心。孩子一般都喜欢听表扬的话，比如考试取得了百分，不但要听到父母的表扬，而且家里来了小伙伴也要主动告诉他们，以满足成就感。父母的表扬是对孩子的认可和赞许，这样会使孩子倍加努力去争取百分，久而久之，就会增强孩子努力做好任何事情的决心和毅力。适当表扬实际上是培养孩子的成功感，对教育孩子大有益处。

（载于 1996 年 10 月 8 日《黑龙江农村报》）

软硬兼施推动精神文明

曾有报载，在云南省有一个靠辛勤劳动播撒文明绿荫的小城市，已成为舆论关注的焦点，它就是隶属昆明市的县级小市——安宁市。

据说，安宁市在开展文明城市进程时是把以往说在嘴上的、写在纸上的、贴在墙上的都落实到了行动上。他们采取了一种“软硬兼施”的办法。软的方面表现在：整顿市容的条例相继发布，帮助市民养成新的行为规范的资料免费发放，窗口行业的服务承诺日渐推行，广播、电视、报纸时时刻刻宣传文明。硬的方面表现在，成立

星期天 增刊

MU DAN JIANG DAI[illegible]
SUNDAY

新大洲成长新动力 梦精灵闪耀登场
梦精灵使用[illegible]个进口关键件
牡丹江五金交电大楼总经销
地址：牡市太平路52号
电话：0453—6226649

牡丹江日报 1996年9月29日

丙子年八月十七 第398期 电话：6223208 6222702—256

精神文明大家谈

「软硬兼施」推动精神文明

吕广波

曾有报载，在云南省有一个靠辛勤劳动播撒文明绿荫的小城市，已成为舆论关注的焦点，它就是隶属昆明市的县级小市——安宁市。

据说，安宁市在开展文明城市进程时是把以往说在嘴上的，写在纸上的，贴在墙上的，都落实到了行动上。他们采取了一种“软硬兼施”的办法。软的方面表现在，整顿市容的条例相继发布，帮助市民养成新型行为规范的资料免费发放，窗口行业的服务承诺的日渐推

屑、投资109万元建公厕和垃圾中转站……安宁通过“软硬兼施”的方法，对文明的投入得到了无形和有形的回报，市民的观念和行为在潜移默化中改变，慕名前来投资者，经商者日渐增多，经济形势蒸蒸日上。

回过头来，看看我们身边，尽管学习张家港的活动正在广泛开展，也取得了不少的成绩，但一些不良现象屡禁不止也着实让人有些忧虑。你来我走总也打不散的占道游击队，高楼上总也断不了的高空

抛物，时不时传入耳中的不美行为……细究起来，这些不良现象所以屡禁不绝，最主要的原因就是市民的文明意识还是没有真正提高。而要真正提高，没有硬措施也是不行的，安宁市“软硬兼施”的做法就很值得借鉴。

张家港也好，安宁也罢，他们同牡丹江没有什么本质的区别，区别只是在于采取的方法各有不同。为了迎来我们城市的真正文明，我们何不也实行一套适合自己的“软硬兼施”的方法呢？

整顿市容领导小组，拨款十万元作为经费，城市环卫工人从六十人增加到一百三十六人，市委市政府抽调各级公务员一百八十人组成十一个市容整顿工作队，与公安、工商、防疫联合成立综合监督队共同出动，不漏过一个烟蒂、一片纸屑，投资一百零九万元建公厕和垃圾中转站。安宁“软硬兼施”，对文明的投入得到了无形和有形的回报，市民的观念和行为在潜移默化中改变，慕名前来投资者、经商者日渐增多，经济形势蒸蒸日上。

回过头来看看我们身边，尽管学习张家港的活动正在广泛开展，也取得了不少的成绩，但一些不良现象屡禁不止，也着实让人有些忧虑。你来我走总也打不散的占道游击队，高楼上总也断不了的高空抛物，时不时传入耳中的不美语言……细究起来，这些不良现象之所以屡禁不绝，最主要的原因就是市民的文明意识还是没有真正提高。而要真正提高，没有硬措施也是不行的，安

宁市“软硬兼施”的做法就很值得借鉴。

张家港也好，安宁也罢，他们同牡丹江没有什么本质的区别，区别只是在于采取的方法各有不同。为了迎来我们城市的真正文明，我们何不也实行一套适合自己的“软硬兼施”的方法呢?

（载于 1996 年 9 月 29 日《牡丹江日报》）

服务也要有艺术

前不久的一个星期天，陪朋友买西装，在招商大厦一柜台前，朋友选中了一套要价八百八十元的西装。朋友穿上西装，对着镜子来回地照着，一直犹豫不定。那位营业员小姐在一旁指手画脚，还唠叨着说：“你穿上这套衣服特别绅士，四百八十元卖给你，我们都不挣钱。”在足足十五分钟里，我们没听那营业员小姐换词。朋友本来又瘦又小，没有一点风度可言，而那位小姐却一直唠叨着说朋友绅士。最后，还是朋友尚有自知之明，脱

下了西装。走出商场，朋友对我说：“算了，今天不买了，十几分钟就听她唠叨那两句话了，一句还是骗人的。看似聪明的小姐就会说两句话，真是个婆婆嘴！”

服务也是一门学问，做好服务不仅仅靠热情，还要学会说话的艺术，当然这艺术的前提是不能有欺骗的言辞。

牡丹江日報

13—14

消费市场

●传递信息●反映时尚●引导消费●维护权益

第29期 责任编辑 乔文 版式设计 王跃强

服务也要有艺术

李叫真逛街

前不久的一个星期天，陪朋友买西装，在招商大厦一柜台前，朋友选中了一套要价880元的西装。朋友穿上西装，对着镜子来回地照着一直犹豫不定。那位营业员小姐在一旁指手画脚，还唠叨着说：“你穿上这套衣服特别绅士，480元卖给你我们都不挣钱。”足足在15分钟里，我们没听那营业员小姐换词，朋友本来又瘦又小，没有一点风度可言，而那位小姐却一直唠叨着说朋友绅士。最后还是朋友尚有自知知明脱下了西装。走出商场，朋友对我说：“算了，今天不买了，十几分钟就听她唠叨那两句话了，一句还是骗人的。看似聪明的小姐就会说两句话，真是个婆婆嘴！”

服务也是一门学问，做好服务不仅仅靠热情，还要学会说话的艺术，当然这艺术的前提是不能有欺骗的言辞。

（吕广波）

（载于 1996 年 10 月 10 日《牡丹江日报》）

有“功”切莫大家抢

我曾到过一个因饲养獭兔而由穷变富的村子，村委会主任对我说，自从他们村因养獭兔而出了名后，各级各行业的领导纷至沓来，参观的、考察的、学习的、调研的、考核的。我不禁疑惑，仅仅发展了一项小小的养殖业，至于有那么多人来取经吗？

那位村委会主任感叹到，要说也奇怪，原来是镇团委把这项很有发展前途的养殖项目定为团支部在农村发挥科技地位的重点项目，为此，镇团委便派人到外地去学习饲养技术，又帮助推销种兔。可谁知道，几年后他

有“功”切莫大家抢

吕广波

我曾到过一个因饲养獭兔而由穷变富的村子。村委会主任对我说，自从他们村因养獭兔而出了名后，各级各类的领导纷至沓来，参观的、考察的、学习的、调研的、考核的。我不禁疑惑地问，仅仅发展了一项小小的养殖业至于有那么多人来取经吗？

那位村委会主任感叹到，要说也奇怪，原来是镇团委把这项很有发展前途的养殖项目，定为团支部在农村发挥科技地位的重点项目，为此镇团委便派人到外地去学习饲养技术又帮助推销种兔。可谁知道，几年后他们饲养的獭兔取得了可观的经济效益后，替他们吹喇叭的人……

听了村委会主任的一番感叹，使我想起了“五官争功”的故事，却也让人可笑，然而，时下却也存在那么一些干部，为了蒙骗上级不是玩数字游戏，就是光唱喜歌，一点点成绩翻过来掉过去地说。结果导致富裕的地方总有人“关怀”，不但影响了基层的正常工作，而且给他们……

们饲养的獭兔取得了可观的经济效益后，替他们吹喇叭的人一齐蜂拥而上，不但替他们吹，而且还把“金”往自己脸上贴，无论是年终工作总结，也无论大会小会，都忘不了他们村饲养的獭兔。妇联说是女能人的业绩，畜牧站说是他们养殖业的重点项目，经管站说是他们给贷款扶持起来的 ...... 因为有那么多人替他们吹，所以才有那么多的人来“取经”。

听了村委会主任的一番感叹，我想起了《五官争功》的故事，让人觉得可笑。然而，时下确实存在那么一些干部，为了蒙骗上级，不是玩数字游戏，就是光唱喜歌，一点点成绩翻过来掉过去地说，结果导致富裕的地方总有人“关怀”，不但影响了基层的正常工作，而且给他们的接待工作也添了一些不必要的麻烦。由于领导们对富裕的地方特别偏爱，所以穷的地方自然便无人问津了。

上级领导毕竟不了解基层，所以作为基层干部不要总拿成绩来对付上级，基层干部要多向上级领导反映贫困地方的疾苦，贫困的地方更需要我们宣传和关怀。你若不关怀，不去扶持，也不要把别人的“粉”拿来擦在自己的脸上。

（载于 1996 年 10 月 6 日《牡丹江日报》）

守住自己

在日常生活中，我们经常会听到一些埋怨和牢骚：“凭什么比我多拿两级工资？”“他的水平并不比我高，怎么就能提干呢？”

生活中，人们往往习惯寻求公道和正义，一旦发现失去公正就会愤怒、忧虑或者失望。然而，我们生活的世界本身就不是一个绝对公平的世界，在漫长的人生旅途中，由于外界的压力，每个人都会滋生出许多无奈和惆怅。面对种种不公平，是怨天尤人？是自暴自弃？是自消自灭？那么我说，重要的是要守住自己。

读过《水浒传》的朋友都知道其中有一个故事。宋江一伙受“招安”后，奉旨征辽，大获全胜，凯旋回师，路过一个名叫“双林镇”的地方，浪子燕青遇见一位故人许贯忠，一起到山野草庐之中小住夜谈。燕青问许贯忠这些年行踪，许贯忠笑道：“每每见奸臣专权，因此无心进取，游荡江湖，浪迹天涯。”燕青邀许贯忠一同进京讨个功名，许贯忠叹口气说：“今奸邪当道，妒贤嫉能，如鬼如蜮的，都是峨冠博带；忠良正直的，尽被

守住自己

吕广波

心语集

牡丹江日報

1

星期二

1997年4月

丁丑年二月二十四

牢笼陷害。小弟蜗伏荒山，守住自己，已知足矣！”正是那个许贯忠的处世哲学，影响了燕青日后的归宿。

守住自己，在纷乱的人世间，保持人格的操守最重要，不必去愤世嫉俗地强求任何事物的绝对公平，不要被外界的种种因素左右情绪，更不要盲目地拿自己同别人相比，这样只能使你意志消沉、精神颓废。很多刚从学校毕业的学生，满怀希望、雄心勃勃地投入社会，原以为能施展一番抱负，为自己设计了美好的蓝图，但是，投入社会这个大熔炉以后，慢慢磨掉了棱角，消磨了雄心斗志，当屡经挫折伤痕累累，回头一望，自然许多感慨油然而生，不发几句牢骚才怪呢！也有一些愣头儿青却非要以“公平”的论据来达到自己的目的，结果是撞了南墙不回头，直到头破血流。

其实，世界上的每个人都是独特的天生尤物，每个人都有令人自豪和自卑的事情，而所谓的好与坏只是一种感知罢了，有时间去抱怨、去牢骚，还不如实实在在地做好本职工作，为社会，也为自己创造一份幸福。

我们生活在一个充满希望的社会，改革的大潮汹涌澎湃。改革使经济飞速发展，社会物质极大地丰富了，而且不断推陈出新，人的欲望也不断膨胀，许多人便会产生林林总总的牢骚和埋怨，如果不加分析，不做客观实际的比较，就会走进盲目的误区。

人活着还是豁达一些为好！俗话说“人往高处走”，但人是在变的，万物亦是如此，用生存的角度去评价一个人，只要他生活得舒适、快乐，一生已足够了。尤其是现代人，应该正确认识自己，正视自己，使自己能处在一种平和的气氛中。忧郁、抱怨、牢骚只能使自己思想混乱，随遇而安可以说是安慰自己的一个好办法，明智地选择现在，扎扎实实地从一点一滴做起，逐步迈向大的目标，或许这是走出好高骛远的切实途径。

只要我们明智地选择现在，守住自己，朋友，快乐、幸福就会和我们同在。

（载于 1997 年 4 月 1 日《牡丹江日报》）

多一些真诚　少一点承诺

我曾经看到过报纸上三星集团的一则广告。该广告题为“服务面对面，承诺心贴心”，广告中没有过多保证，而是将集团公司分布在全国二十二个省、自治区维修中心的三十一位经理的照片登出来，并标有姓名、地区、电话。三星集团这样做的目的是为了让“三星”电器产品的用户能在售后服务中对号入座，同时也表明维修服务中权责到人的规矩。虽然这则广告没有新奇的创意，也没有华丽的辞藻，但这则广告让人感觉很实在，让人感觉到三星集团的服务是真诚的，让三星产品的用户心

里有底。

镜泊晚报

●1997年8月29日 ●星期五 ●第664期

●邮发代号 13——100
●牡丹江日报社主办
●镜泊晚报社出版

多一些真诚 少一点承诺

吕庆波

我曾经看到过报纸上“三星”集团的一则广告，该广告题为“服务面对面，承诺心贴心”，广告中没有过多的保证，而是将集团公司分布在全国二十二个省、自治区维修中心的三十一位经理的照片登出来，并列有姓名地区号码电话，“三星”集团这样做的目的是为了让“三星”电器产品的用户，能在售后服务中对号入座，同时也表明维修服务中权责到人的规矩。虽然这则广告没有新奇的创意，也没有华丽的词藻，但这则广告背后让人感觉很实在，让人感觉到三星集团的服务是真诚的，让“三星”产品的用户心里有底。

……种电话忙的假象，把电话拿起来它始终处在占线状态，有的维修电话总是没有人接，办公室里根本就没有人，这样的电话纯属形式主义，设与不设没有什么不同。

我曾陪朋友在某商场买过一双鞋，当时业主不但给开了信誉卡而且向我们承诺了许多，朋友的那双鞋只穿了十二天就张嘴了，我们相信业主的承诺，便去找业主退鞋，然而我们去了两次都没找到业主，已经换人了，新业主说对过去事他没有责任管。我们问原来的业主到哪去了，新业主说他有事去南方了，一个月后才能回来。

其实，服务说透了就是……

目前，虽然有消费者权益保障法，保护消费者的合法权益，但是许多消费者的法制观念还很淡薄，真正会用权益法保护自己的人还为数不多。而消费者投诉得到的结果也并不全尽如人意。有的厂家维修部虽然常设24小时公开服务电话，但当你拨打电话时总是不通，他们为了造成一种电话忙的假象，把电话拿起来，让它始终处在占线状态，有的维修电话总是没有人接，办公室里根本就没有人。这样的电话纯属形式主义，设与不设没有什么不同。

我曾陪朋友在某商场买过一双鞋，当时不但给开了信誉卡，而且向我们承诺了许多。朋友的那双鞋只穿了十二天就张嘴了，我们相信业主的承诺，便去找业主退鞋。然而我们去了两次都没找到业主，已经换人了，新业主说，对过去的事他没有责任管。我们问原来的业主到哪儿去了，新业主说他有事去南方了，一个月后才能回来。

其实，服务说透了就是一买一卖的问题，但这一买一卖就应该是人与人之间真诚的交流和相互信任。生活里无须太多承诺，让一个不守诺言的人许一百个诺、一千个诺又有什么用呢？我想，一个一诺千金的人是不会轻易许诺的，只有那些不守诺言的伪君子才会把诺言挂在嘴上，生活中还是少一些虚伪的承诺，多一些真诚的行动好。

（载于 1997 年 8 月 29 日《镜泊晚报》）

活出一个自己来

人们都有一种趋同心理，喜欢随波逐流，善于顺风扯帆。社会上的风潮、流行就是这种寻常人一呼而上的结果。人在风潮中丧失了自己，结果难以成功，一味地跟着别人走，自身的优势往往得不到发挥。

看过《水浒传》的人都知道，《水浒传》里有个王进，原是京都八十万禁军教头，可以说武艺超群，为人干练。只因王进的父亲与高俅结下冤仇，高俅发迹后便寻机报仇，王进携妻子、老母逃离东京汴梁，在史家村遇见史进。史进拜王进为师，日后在梁山建功扬名。后来有人劝王进上梁山，但他没去。他知道梁山是个人才济济的地方，显不出他王进来。事实也的确如王进所想的那样，有多

牡丹江日報

百草园

活出一个自己来

吕广波

大凡人们都有一种趋同心理，喜欢随波逐流，善于顺风扯帆，社会上的风潮、流行就是这种寻常人一呼百应意识的结果。人在风潮中丢失了自己，结果难以成功，一味地跟着别人走，自身的优势往往得不到发挥。

看过《水浒传》的人都知道，《水浒传》里有个王进，原是京都八十万禁军教头，可以说武艺超群，为人干练，只因王进的父亲与高俅曾结下冤仇，高俅发迹后便寻机报仇，王进携同妻子老母逃离东京汴梁，在史家村遇见史进，史进拜王进为师，日后在梁山建功扬名，后来有人劝王进上梁山，但他没去，他知道梁山是个人才济济的地方，显不出他王进来，事实也的确如王进所想的那样，有多少好汉如武松，未上梁山前八面威风，上了梁山之后连立功的机会都没有。

其实，一个人要想成就一番事业，首先得看清自己，衡量自己，找准自己在社会中的位置，对自己有一个正确的估价。

俗话说，三百六十行，行行出状元，何必都往热门这一行里挤？中国几千年传统的“趋同”心理造成了一种“集体无意识”，“一窝蜂”教人趋之若鹜，人一旦陷入这种误区就往往很难自拔，人虽然无法主宰世界，无法改变社会的变化，但人可以把握自己，主宰自己。如果你不具备商品意识、经营头脑，就不要打着商品经济的旗号做发财梦，对那些什么大款大腕老板也不必羡慕。须知一个人事业的成功除了先天条件外，后天条件和机遇都很重要，在别人眼里很简单的生意经对你也许是一部天书。

人活一辈子活不出一个自己来，那你活着还有什么意义？活出一个自己来，不追求外在的荣华富贵，功名利禄；活出一个自己来，在任何情况下都保持你自己内在的人格，把自己投入到真正的生活中。

少好汉，如武松，未上梁山前八面威风，上了梁山之后连立功的机会都没有。

其实，一个人要想成就一番事业，首先得看清自己，衡量自己，找准自己在社会中的位置，对自己有一个正确的估价。

俗话说，三百六十行，行行出状元，何必都往热门这行里挤？中国几千年传统的“趋同”心理造成了一种集体无意识。趋之若鹜，人一旦陷入这种误区往往很难自拔，人虽然无法主宰世界，无法改变社会的变化，但人可以把握自己，主宰自己。如果你不具备商品意识、经营头脑，就不要打着商品经济的旗号做发财梦，对那些什么大款、大腕、老板也不必羡慕。须知一个人事业的成功除了先天条件外，后天条件和机遇也很重要，在别人眼里很简单的生意经，对你来说也许是一部天书。

人活一辈子活不出一个自己来，那你活着还有什么意义？活出一个自己来，不追求外在的荣华富贵，功名利禄；活出一个自己来，在任何情况下都保持你自己内在的人格，把自己投入到真正的生活中。

（载于 1997 年 9 月 30 日《牡丹江日报》）

感悟华盛顿搬石头

华盛顿是美国独立后的第一任总统，在他领导美国人争取民族独立的时期，有一天他穿着一件普通的大衣独自走出营房视察。他看到一群士兵正在修筑街垒，士兵们抬着一块大石头，始终放不到欲放的位置上。眼看石块要滚落下来，而领头的下士只是不停地大喊“一二三，加把劲”，可他的手却不碰石块一下。华盛顿见后疾步跑到跟前，用肩膀顶住石块，终于使石块放到了准确位置。

“你为什么光喊‘加把劲’而不抬石块呢？”华盛

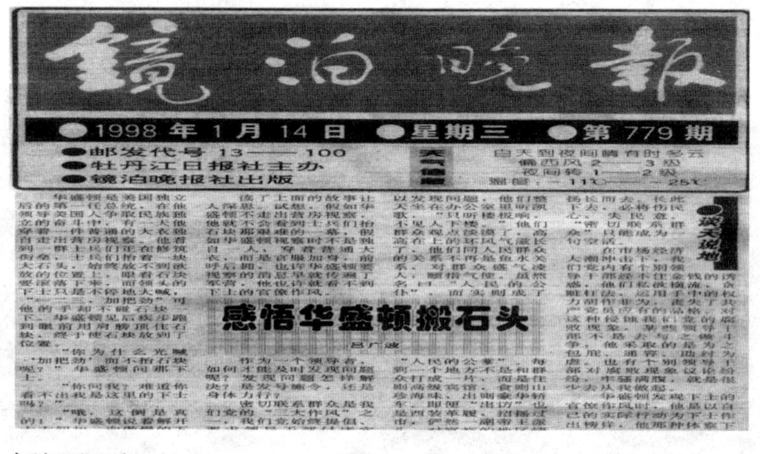

鏡泊晚報

1998年1月14日 星期三 第779期

邮发代号 13——100
牡丹江日报社主办
镜泊晚报社出版

天气预报
白天到夜间晴有时多云
偏西风2——3级
夜间转1——2级
温度：-11℃——-25℃

谈天说地

感悟华盛顿搬石头

吕广波

华盛顿是美国独立后的第一任总统。在他领导美国人争取民族独立的奋斗中，有一天他穿着一件普通的大衣独自走出营房视察。他看到一群士兵们正在修筑街垒，士兵们抬着一块大石头，始终放不到该放的位置上，眼看石块要滚落下来，而领头的下士只是不停地大喊。"一、二，加把劲"可他的手却不碰石块一下。华盛顿见后疾步跑到跟前用肩膀顶住石块，终于使石块放到了位置。

"你为什么光喊'加把劲'而不抬石块呢？"华盛顿问那下士。

"你问我？难道你看不出我是这里的下士吗？"

"哦，这倒是真的！"华盛顿说着解开……

读了上面的故事让人深思。试想，假如华盛顿不走出营房视察，他就不会看到士兵们抬石块那艰难的一幕，假如华盛顿视察时不是独自一人，穿着普通大衣，而是官服加身，前呼后拥，也许华盛顿要视察的消息早就传遍了军营，他也许就看不到下士的官僚作风。

作为一个领导者，如何才能及时发现问题呢？发现问题怎样解决？是发号施令，还是身体力行？

密切联系群众是我们党的"三大作风"之一，我们党始终提倡、……

……以发现问题，他们整天坐在办公室里听颂歌，"只听楼板响，不见人下楼。"他们群众观点淡薄了，高高在上的坏风气滋长了，他们同人民群众的关系不再是鱼水关系，对群众盛气凌人，颐指气使，虽然名曰"人民的公仆"，而实则成了"人民的公爷"，每到一个地方不是和群众打成一片，而是住则高级宾馆，食则山珍海味，出则豪华轿车，即便"出访"也是西装革履，招摇过市，俨然一副帝王派……

……扬长而去。长此下去，必将伤民心，失民意，"密切联系群众"只能成为一句空话。

在市场经济大潮冲击下，我们党内有个别领导干部经不住金钱的诱惑，他们私欲横流，贪赃枉法，运用手中的权力胡作非为，丧失了共产党员应有的品格。对这种侵蚀我们党的腐败现象，某些领导干部不是去与之做斗争，他采取的是为之包庇、通容，助纣为虐。也有个别领导干部对腐败现象议论纷纷，牢骚满腹，就是很少去从我做起。

华盛顿发现下士的官僚作风时，他是以自己的实际行动为下士作出榜样，他那种体察下……

顿问那下士。

“你问我？难道你看不出我是这里的下士吗？”

“哦，这倒是真的！”华盛顿说着解开大衣纽扣，向傲慢的下士露出他的军服。“从衣服看，我就是上将，不过，下次再抬重东西时，你就叫上我！”

上面的故事让人深思。试想，假如华盛顿不走出营房视察，他就不会看到士兵们抬石块那艰难的一幕；假如华盛顿视察时不是独自一人，不是穿着普通大衣，而是官服加身，前呼后拥，也许他要视察的消息早就传遍了军营，他也许就看不到下士的官僚作风。

作为一个领导者，如何才能及时发现问题呢？发现问题怎样解决？是发号施令，还是身体力行？

密切联系群众是我们党的“三大作风”之一，我们党始终提倡、要求领导干部付诸实践。然而令人遗憾的是，在改革开放的新时代，我们党的许多领导干部，并不是经常深入基层以发现问题，他们整天坐在办公室里听凯歌，“只听楼板响，不见人下楼”。他们的群众观念淡漠了，高高在上的坏风气滋长了，他们同人民群众的关系不再是鱼水关系，对群众盛气凌人，颐指气使，虽然名曰“人民的公仆”，而实则成了“人民的公爹”。每到一个地方，不是和群众打成一片，而是住则高级宾馆，食则山珍海味，出则豪华轿车。即便出访，也是西装革履，招摇过市，俨然一副帝王派头。对富裕的地区情有独钟，贫困地区不愿问津，间或一去，也如蜻蜓点水，指手画脚，而后乘车扬长而去。长此下去，必将伤民心，失民意，“密切联系群众”只能成为一句空话。

在市场经济大潮冲击下，我们党内有个别领导干部禁不住金钱的诱惑，私欲横流，贪赃枉法，运用手中的权力胡作非为，丧失了共产党员应有的品格。对这种侵蚀我们党的腐败现象，某些领导干部不是去与之做斗争，却是包庇、通融、助纣为虐。也有个别领导干部对腐败现象议论纷纷，牢骚满腹，就是很少从我做起。

华盛顿发现下士的官僚作风时，他是以自己的实际行动为下士做出榜样，他那种体察下情的务实作风、身先士卒的精神，确实难能可贵，为“官”者何不学学华盛顿？

（载于 1998 年 1 月 14 日《镜泊晚报》）

给后人留下什么？

据某报载，河南省平顶山市农民企业家刘佳曾写下一份遗嘱，挂在家中墙上，遗嘱内容如下："余早晚有归西之时，趁一息尚存及早言之。余号称富翁，历年有所积累，但余能致富，是党的政策好，非余之能，余早已声明，财产属于集体，留与尔者，只有奖状十余块、抒情诗近千余首及茅庵一间，望尔等勿违我嘱。"

刘佳遗嘱仅百余字。但读罢此文，深深为刘佳这种崇高的精神、境界所折服。他致富后不忘国家。死后把财产交给集体，留给后人的是党和国家给他的荣誉及他

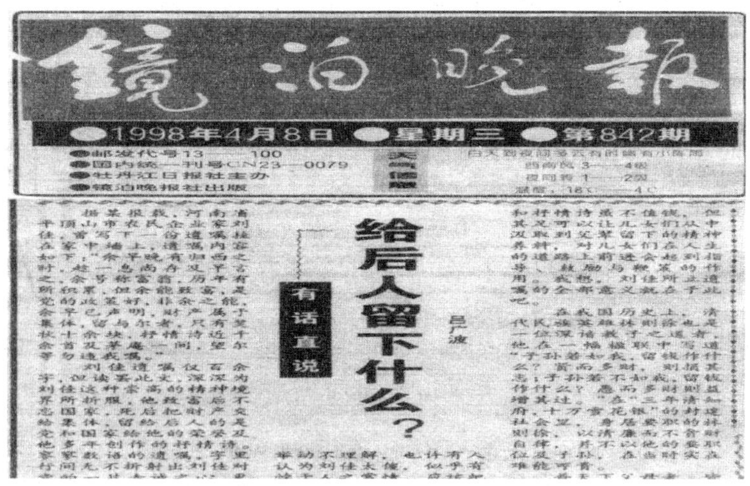

镜泊晚報

1998年4月8日 星期三 第842期

邮发代号13—100
国内统一刊号CN23—0079
牡丹江日报社主办
镜泊晚报社出版

给后人留下什么？

有话直说

吕广波

据某报载，河南省平顶山市农民企业家刘佳，曾写下一份遗嘱挂在家中墙上，遗嘱内容如下："余平晚有归西之时，趁一息尚存叉手言之，余早称富翁，历年有所积累，但余能致富，是党的政策好，非余之能。余早已声明，财产属于集体，留与尔者，只有奖状十余块，抒情诗近千余首及茅庵一间，望尔等勿违我嘱。"

刘佳遗嘱仅百余字，但读罢此文，深深为刘佳这种崇高的精神境界所折服，他致富后不忘国家，死后把财产交给集体，留给后人的是党和国家给他的荣誉及他多年创作的抒情诗。寥寥数语的遗嘱，字里行间无不折射出刘佳对

举动不理解，也许有人认为刘佳太傻，似乎有

和抒情诗虽不值钱，但其足可以让儿女们从中汲取到父辈留下的精神养料，对儿女们在人生的道路上前进会起到指导、鼓励与鞭策的作用。我想，刘佳所立遗嘱的全部意义就在于此吧。

在我国历史上，清代民族英雄林则徐也是一位深谙教子之道者，他在一幅楹联中写道"子孙若如我，留钱作什么？贤而多财，则损其志；子孙若不如我，留钱作什么？愚而多财则益增其过。"在"三年清知府，十万雪花银"的封建社会里，身居要职的林则徐，以清廉而不贪财自律，并不以他的要职位及子孙，在当时实在难能可贵。

多年来创作的抒情诗。寥寥数语的遗嘱，字里行间无不折射出刘佳对党的一片赤诚之心，更是一篇充满着父爱的苦心孤诣的教子篇。他留给后人的不是金山一座、良田万顷，而是用金钱所无法买到的精神财富。

也许有人对刘佳的举动不理解，也许有人认为刘佳太傻，似乎有悖于人之常情，应该把自己积累的财富留给儿女们，而奖状和抒情诗又值几个大钱？但刘佳向儿女们敞开的胸怀却向世人宣示，轻金钱而重节操，要去创造财富而不要坐享其成。奖状和抒情诗虽不值钱，但足可以让儿女们从中汲取到父辈留下的精神养料，对儿女们在人生道路上前进会起到指导、鼓励与鞭策的作用。我想，刘佳所立遗嘱的全部意义就在于此吧。

在我国历史上，清代民族英雄林则徐也是一位深谙教子之道者，他在一副楹联中写道："子孙若如我，留钱做什么，贤而多财，则损其志；子孙不如我，留钱

做什么，愚而多财，则益增其过。”在“三年清知府，十万雪花银”的封建社会里，身居要职的林则徐以清廉而不贪财自律，并不以他的要职位及子孙，在当时实在难能可贵。

普天下父母者，皆希望儿女能在岁月的风雨中踏上自己正当的成长道路，靠自己努力使自己成为更有作为的人，对每个青年人来说，更应当成为立身处世的圭臬。

（载于 1998 年 4 月 8 日《镜泊晚报》）

有感于“霍利菲尔德耳朵”

近日读报，看到一则消息，说美国一家糖果公司推出一种状如耳朵的新款巧克力糖，取名为“霍利菲尔德耳朵”，而且左上角留有一个被人咬过的缺口。美国这家糖果公司不是为了独创而独创的，霍利菲尔德在与泰森拳击比赛时被泰森咬了耳朵，这一事件曾是美国乃至全世界的爆炸性新闻。

我们不得不佩服美国这家糖果公司的精明。世界上糖果公司可谓多如牛毛，而唯独这家糖果公司独具匠心，抓住人们关心的热点，同时为了迎合人们的猎奇心理，率先推出取名为“霍利菲尔德耳朵”的巧克力糖，在市场上风靡一时，为公司赢得了丰厚利润。

市场的竞争不仅是品牌、质量、人才、技术的竞争，

镜泊晚报

1998年7月8日 星期三 第906期

新闻热线 1603112

有话直说

有感于「雪利菲尔德耳朵」

吕广波

同时也是信息、时间、速度的竞争。一个企业要想在日趋激烈的市场竞争中处于领先地位，就必须时刻保持对于信息的“灵敏度”，不仅要善于捕捉信息，而且要筛选信息、利用信息。一条信息能为企业带来理想的经济效益的事例不胜枚举。

在经济高速发展的时代，消费者购买某些商品已不再是只为了消费，而多是侧重于丰富心灵、娱乐性强的产品。如果企业一味地将原来的产品推销给消费者，恐怕就像在满水的杯子里加水一样，徒劳无功。有的企业几十年一贯制，对老产品不及时更新换代，结果被一些名不见经传的小企业挤出市场。古人用兵讲究出奇制胜，企业决策也是同样道理，讲究独创性。具有独创性的企业决策，是以客观实情为依据，总结企业大量经济实践活动而做出的，是企业生产经营水平提高的重要标志，是企业面向市场、占领市场的重要突破口。所以，企业一定要高度重视企业决策的独创性问题，并在这个问题上下足功夫，做好文章，正所谓“麦随风雨熟，梅逐雨中黄”。

（载于 1998 年 7 月 8 日《镜泊晚报》）

有感于“商海弄猫”

据《羊城晚报》载，广州有位哲学博士在众多外国手表占据市场，国内名表颇不景气的情况下，大胆地搞起了特色手表开发营销。其表业公司在推出受欢迎的军表、警表之后，不久前将黑色与白色的“两只猫”做了商标注册，推出“改革纪念表”，意在弘扬邓小平同志的名言“不管黑猫白猫，抓住老鼠就是好猫”。这一炮果然打响，人们称“商海弄猫有奇招”。

“商海弄猫”的经营策略可以说是形象生动，意味

牡丹江日報

有感于『商海弄猫』

据《羊城晚报》载，广州有位哲学博士在众多外国手表占据市场，国内名表颇不景气的情况下，大胆地搞起了特色手表开发营销。其表业公司在推出受欢迎的军表、警表之后，不久前将黑色与白色的“两只猫”作了商标注册，推出“改革纪念表”，意在弘扬邓小平同志常说的名言“不管黑猫白猫，抓住老鼠就是好猫”。这一炮果然又打响，人们称“商海弄猫有奇招”。

“商海弄猫”的经营策略可以说是形象生动，意味深长。万事万物到达成功的彼岸方式方法，各不相同。但是，创造企业鲜明的个性去赢得市场，却是在日益激烈的市场竞争中，被企业界高度重视的。企业个性是企业生产、经营、管理活动中的特色和优势，只有具备鲜明个性的企业，才意味着企业在市场中拥有独特的优势。企业形象因其新奇感而更容易被消费者所重视和接受。

当我们在称赞“商海弄猫”现象的时候，我们同时也想到了在我们身边的一些没有鲜明个性的企业。有的企业几十年始终如一，对老产品不及时更新换代，一味地抱残守缺，把几十年一贯制的老产品无可奈何的推向市场，因在产品结构、营销方式等方面不做及时改进，因而在日趋白炽化的市场竞争中，不能适应新形势的消费需求，从而使企业的销售市场日益萎缩。培育出鲜明、独特的企业个性，是企业生产经营水平提高的重要标志，是企业占领市场的一个重要突破口。但企业个性的培养并不是企业决策者的凭空假想，而是决策者以大量经济实践活动和客观实情为依据总结出来的。

如果一个企业在生产领域不断地否定老产品，开发新产品，则无疑具备无比的竞争力。当企业具备鲜明个性后，若只是“深在闺阁无人问”，企业的形象和产品竞争力的提高委实是无法实现。因而企业经过不懈努力，一旦形成了自身鲜明的个性特色，开发出新品和精品，应努力通过各种渠道，让消费者感知和认同，让潜在的竞争力变为现实的竞争力。愿我们的企业都有自己的鲜明个性，在市场竞争中立于不败之地。

（吕广波）

深长。万事万物到达成功的彼岸，方式方法各不相同。但是，培养企业鲜明的个性去赢得市场，却是在日益激烈的市场竞争中，被企业高度重视的。企业个性是企业生产、经营、管理活动中的特色和优势，只有具备鲜明个性的企业，才意味着在市场中拥有独特的优势。企业形象因其新奇感而更容易被消费者所重视和接受。

当我们在称赞“商海弄猫”现象的时候，同时也想到了身边的一些没有鲜明个性的企业。有的企业几十年始终如一，对老产品不及时更新换代，一味地抱残守缺，把几十年一贯制的老产品无可奈何地推向市场，在产品结构、营销方式等方面不做及时改进，因而在日趋白热化的市场竞争中，不能适应新形势，从而使销售市场日益萎缩。具有鲜明、独特的企业个性，是企业生产经营水平提高的重要标志，是企业占领市场的一个重要突破口。但企业个性的培养并不是企业决策者的凭空假想，而是决策者以大量经济实践活动和客观实情为依据总结出来的。

如果一个企业在生产领域不断地否定老产品，开发新产品，则无疑具备无比的竞争力。当企业具备鲜明个性后，若只是“深在闺阁无人问”，企业的形象和产品竞争力的提高委实是无法实现的。因而，企业经过不懈努力，一旦形成了自身鲜明的个性特色，开发出新品和精品，应努力通过各种渠道，让消费者知道并认同，让潜在的竞争力变为现实的竞争力。愿我们的企业都有自己的鲜明个性，在市场竞争中立于不败之地。

（载于 1996 年 10 月 6 日《牡丹江日报》）

新闻篇

XIN WEN PIAN

美的探索者

——记青年画家吴耀伟

在桦林集团公司工会美术室，有位青年画家，他的头衔为国家三级美术师、中国美术家协会黑龙江分会会员、黑龙江省冰雪画研究会会员、黑龙江省青年书法美术家协会会员。他的画不断被港澳台地区和韩国、日本等国家的友人收藏，其人也为越来越多的人所熟悉。

吴耀伟对笔墨的美感有独到的体会，主张既要继承传统，又要体现自然。他的画生机勃勃，情景交融，用笔尤其娴熟，意到笔随，极富于表现力。

吴耀伟一九六二年生于林口县一个知识分子家庭，一九八八年考入牡丹江师范学校美术专业。他的画路极

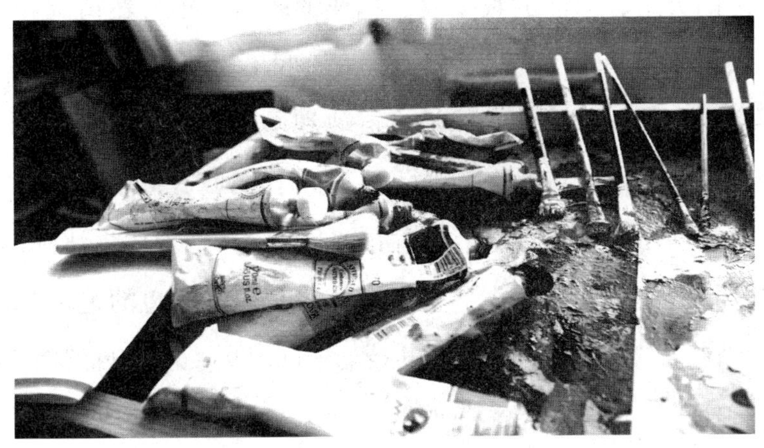

镜泊晚報

1998年3月24日 星期二 第831期

邮发代号13—100
国内统一刊号CN23—0079
牡丹江日报社主办
镜泊晚报社出版

美的探索者

——记青年画家吴耀伟

新闻人物

宽，山水、人物、花鸟无不涉猎。毕业后一直从事专业创作，十几年的艺海泛舟，他或沉醉于中国传统绘画艺术的博大精深，或着迷于人物画的细腻描述，先后在《美术报》《美术界》《美术大观》等多种报纸杂志上发表作品。

一九九五年，吴耀伟来到天津美术学院国画系助教班进修，从师于何家英、霍春阳、白延庚等艺术大师。特别是何家英老师的绘画技巧、绘画风格、人格力量都给了他潜移默化的影响，使其作品得到了升华。其人物画造型准确生动，墨色变化灵活滋润，格调雅逸。如一九九七年出版的《当代中国工笔画集》中，吴耀伟的作品《山坳里的风》，以辽阔的原野、沉重的远山、苍茫的天空、宁静的牧羊女所构成的画面，集自然情调和人情味于一体，其艺术魅力令人赞叹不已。

人物画的创作不能没有灵魂和思想，而仅仅沦为一种笔墨的符号。为此，他每年都抽时间到农村体验生活，寻找创作素材。吴耀伟把笔下的人物定格在现代生活中，让传统的笔墨韵味表达他对现实主义美学思想的追求。他说：“国画要继承传统的技巧，同时更要注重自然的、朴实的、现实的美。”如他入选东北三省中国画展的优秀作品《秋风瑟瑟》，就是用简洁而富于表现力的笔墨，表述自己对大自然的质朴的情感，有一种神秘的宁静感。

接近不惑之年的吴耀伟成功了，他已被载入《中国满族书画家传》和《世界华人文学艺术界名人录》，但他并没有因已取得的成就而沾沾自喜，他正在创作一幅更为宏大的作品，我们期待着他的成功。

（载于 1998 年 3 月 24 日《镜泊晚报》）

桦林公司医院抓医德医风重实效

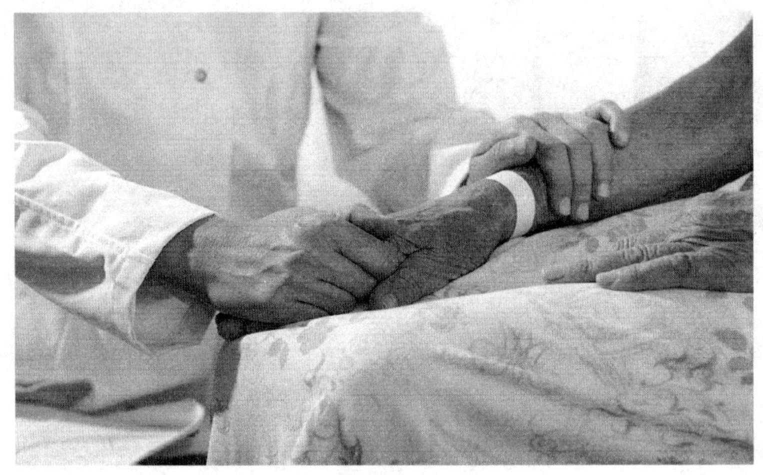

担负着两万名职工家属和桦林地区医疗及业务指导工作的桦林集团公司医院，从强化基础建设入手，同时注重医德医风工作，努力完善企办医院上档次、上水平，收到显著成效。一九九五年全年门诊量达十三万人次，住院近两千人次，接待家庭病房患者二百八十一人次，一人针使用率达百分之百，有五项指标填补了该院手术史上的空白。

去年以来，该院根据集团公司职工多、人口密集的特点，从内部管理入手，强化医德医风工作和中青年骨

牡丹江日報

13——14

桦林公司医院抓医德医风重实效

担负着2万名职工家属和桦林地区医疗及业务指导工作的桦林集团公司医院，从强化基础建设入手，同时注重医德医风工作，努力完善提高企办医院上档次、上水平收到显著成效，仅95年全年门诊量达13万人次，住院近2000人次，接待家庭病房患者281人次，一人一针使用率达100%，有5项指标填补了该院手术史上的空白。

去年以来，该院根据集团公司职工多，人口密集的特点，从内部管理入手，强化医德医风工作和中青年骨干技术人员的培养，他们采取送出去、请进来的办法，先后派出24名青年骨干到上海、天津、哈尔滨等上级医院进修深造，同时与哈医大二院建立了长期医疗协作关系，由哈医大二院常年派专家来该院出诊，95年共解除疑难病15例，典型病54例，从而提高了该院的整体水平。

该院建立了《职工医院医德医风奖惩条例若干规定》，全年共有12人受到奖励表扬，7人受到惩罚批评。（吕广波）

干技术人员的培养，采取送出去请进来的办法，先后派出二十四名青年骨干到上海、天津、哈尔滨等上级医院进修深造，同时与哈医大二院建立了长期医疗协作关系，由哈医大二院常年派专家来该院出诊。一九九五年，共解除疑难病十五例，典型病五十四例，从而提高了该院的整体水平。

该院制定了《职工医院医德医风奖惩条例若干规定》，全年共有十二人受到奖励，七人受到处罚。

（载于 1996 年 1 月 30 日《牡丹江日报》）

买货竟被熟人宰

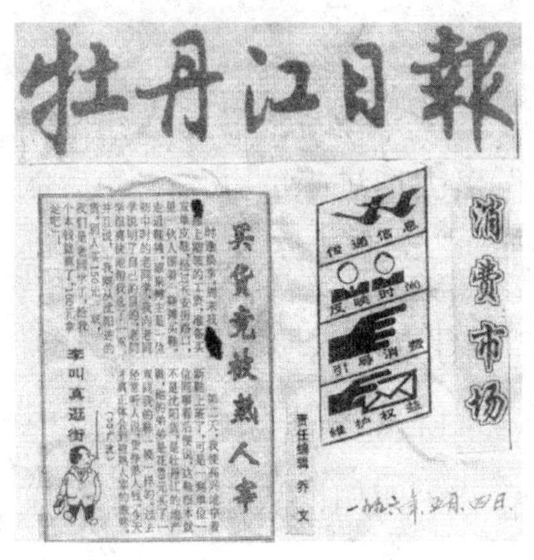

牡丹江日報

买货竟被熟人宰

消费市场

传递信息

反映时尚

引导消费

维护权益

责任编辑 乔文

适逢换季，周末我揣上刚领的工资，准备买双单皮鞋。经过长安街路口，见一伙人围着一鞋摊买鞋，走进鞋摊，原来摊主是一位初中时的老同学。我向老同学说明了自己的目的，老同学很爽快地帮我选了一双，并且说：“我刚从沈阳进的货，别人买一百五十元一双，我们是老同学了，给我个本钱就算了，一百元拿走吧！”

第二天，我便高兴地穿着新鞋上班了。可是一到单位，一位同学看后便说，这鞋根本就不是沈阳货，是牡丹江的地产鞋，他的弟弟花八十元买了一双同我的鞋一模一样的鞋。过去经常听人说货挣熟人钱，今天才真正体会到被熟人宰的滋味。

（载于 1996 年 5 月 4 日《牡丹江日报》）

没有翅膀的天使

桦林集团总公司医院护士长关存芝，一九八〇年毕业于牡丹江卫校。虽然她语不惊人，貌不出众，而她的名字却在患者和家属中传诵，因为她把无限的爱毫无保留地献给了患者。

关存芝干这行十六年，对护理技术精益求精。在儿科工作期间她练就了一手扎小儿头皮针的好功夫，每次遇到血管不明显的病人，护士都请她来处理，有时三五针找不到血管，护士们束手无策，而关存芝则一针即可，

镜泊晚报

一九九六年五月二十一日 星期二 第三六七号

●镜泊晚报社出版 ●牡丹江日报社主办

关存芝

没有翅膀的天使

吕广波

凡人彩照

难怪人们送给他“关一针”的称号。

一九九一年，工厂一位五保户老人因心肾功能不全而住院治疗，老人全身高度浮肿，皮肤起满水泡，既不能下床，大小便又不能自理，也没人照顾。关存芝主动承担了照顾老人的义务，在老人住院的三个月里，她忍着刺鼻的气味，给老人翻身、洗澡、喂饭、洗尿垫，还经常买来水果、鸡蛋送到老人身边。老人住院治疗三个月，最终在她的精心护理下康复出院了。

褥疮护理历来是护理工作的难点，关存芝为解决这一护理难题，经过多次的探索，最后改良了气垫圈，研究出一种吸水、减压、促进血液循环的海绵垫，从而减轻了患者的痛苦，缩短了疗程。十六年来，她共发表学术性论文二十多篇，同时她也赢得了一串串耀眼的荣誉：“集团总公司十面红旗”“市新长征突击手”“市劳动模范”……

（载于 1996 年 5 月 21 日《镜泊晚报》）

吴芹，你活得好辛苦

她，一个不幸的女人，因农药中毒而患上了终身难愈的末梢神经炎，又患有严重的肝硬化，在生活最艰难之时，她的丈夫又被大水夺去生命，她背负着沉重的债务，用病弱的身体苦苦地拉扯两个未成年的孩子，拼命支撑着一个渐近破碎的家……

她叫吴芹，桦林集团公司商饮公司单身宿舍服务员。在桦林，一提起吴芹，恐怕没有几个人不知道她的，不是因为她所走过的四十四年人生历程中曾有过掌声和鲜花，而是因为她遭受的种种不幸，让人为她落泪。

吴芹十五岁那年，母亲不幸去世了，从此父亲拉扯她们姐弟六个。吴芹每天放学回家除了做全家人的饭以外，还要为弟弟妹妹们洗洗涮涮。初中毕业那年，她和同龄人一样，兴致勃勃地走上了工作岗位——原牡丹江市农药厂三氯化磷车间。谁料到，三年后的一天，她突然高烧、呕吐、腹泻，医院确诊为有机磷农药中毒。经多方治疗，命虽然保住了，却留下了终身难以治愈的后遗症——末梢神经炎。这种病一旦受到点刺激，神经就会抽搐，而且不能做细致的活儿，一遇冷天便四肢麻木。

一九七八年，经人介绍，吴芹与转业来到桦林橡胶厂汽车队的王福忠结婚了。婚后，丈夫对妻子百般疼爱，承担了家里全部的家务活。平日里，不论妻子什么时候下班，总能吃上冒着热气的饭菜，有时妻子值夜班，他便把饭菜送到单位，公出前他都把家里的重活干完，把一些生活日用品买回家来……

然而不幸的是，一九九一年那场罕见的大水把他冲走了。失去丈夫，天仿佛塌了，看着两个未成年的孩子，还有个七十多岁的老婆母，想到丈夫活着时办养鸡场欠下的一万元外债，吴芹病倒了，这一病就是半年。

重新站起来的她办的第一件事就是将家里值钱的东西卖掉，把丈夫欠的外债全部还上。

她办的第二件事是帮助因家庭不幸而影响学习的两个孩子，她为孩子请了家庭教师。为这，五年里她没有买过一件新衣服，没有到市场买过一次肉，家里没有添

她，一个不幸的女人，因农药中毒而患上了终生难愈的末梢神经炎，又患有严重的肝硬化，在生活最艰难之时，她的丈夫又被大水夺去生命，她背负着沉重的债务，用病弱的身体苦苦地拉扯两个未成年的孩子，拚命支撑着一个渐近破碎的家……

吴芹，你活得好辛苦

吕广波 记者 晓丹

伸出同情之手

一九九六年九月六日

一件日常用品。刚刚四十几岁的她，眼窝早已凹陷下去，脸上没有一点光泽。

看到别人家的孩子能穿着新衣装，拥有自己喜爱的玩具，再看看自己的孩子，浑身上下的衣服都是别人穿小的、穿旧的。虽然两个懂事的孩子从不向她要什么，但背地里她不知哭过多少次。

一九九三年春天，她们家原来的平房动迁了，母女三人只得挤到弟弟家住，因没有能力再支付房租。新房建好一年了，别人家都搬进去了，她却因交不上钱，迟迟住不上新房。

看到她家的日子过得那样艰难，有些好心人便劝她再找一个合适的人家，她婉言谢绝了。她怕后爸对孩子不好，孩子是她唯一的希望。在这样的家里，两个孩子懂事很早，学习成绩也不错，小女儿每次考试都是班上的前几名，儿子也早就学会了扎肌肉针，每当妈妈抽搐发作的时候，他就给妈妈打针。

然而，命运却不因为她的不幸而不再捉弄她。一九九五年十月，病魔又一次向她袭来，她再次住院，被确诊为肝硬化晚期，已达到肝腹水的程度了，治病欠下了三千多元钱。儿子因此不再上学了，在工厂里做临时工，年仅十四岁的女儿每天要一边上学，一边为妈妈送饭。

被病魔折磨的她，由于支付不起医药费，已经多次要求回家，但鉴于她的病情一直不好，医院也只得把她留下。

现在，吴芹还在医院里躺着，尽管她十分惦念着家，惦念着两个孩子，尽管她实在交不起那日渐增多的医药费，可是她已经没有力气走出医院的大门，她说："这一辈子，活得太难了……"

（载于1996年9月6日《镜泊晚报》）

妈妈病入膏肓 女儿昏倒学堂

《镜泊晚报》于九月六日刊发了《吴芹，你活得好辛苦》，报道了桦林集团商饮公司单身宿舍服务员吴芹在丈夫去世后的五年里，身患肝硬化，背负沉重债务的不幸遭遇。近日，笔者了解到，吴芹已到了肝硬化晚期，肝部萎缩，并有大量腹水。医生说，她的病能控制到这种程度实属不易。由于她惦念家里的两个孩子，同时也难以支付各种医疗费用，只得出院回家，现在她靠每天一服中药来维持生命。

当初，一服中药一百一十元，老中医得知她的情况后，每服中药只收九十元。

虽然儿子已被工厂照顾进厂做了临时工，每月能开三百元；虽然公司对吴芹特殊照顾，每月给她三百多元的工

镜泊晚报

本报于9月6日刊发了《吴芹，你活得好辛苦》，报道了桦林集团商饮公司单身宿舍服务员吴芹在丈夫去世后的五年里，身患肝硬化、背负沉重债务的不幸遭遇。近日，笔者了解到，吴芹已到了肝硬化晚期，肝部萎缩，并有大量腹水。医生说，她的病能控制到这种程度实属不易。由于她惦念家里的两个孩子，同时也难以支付各种医疗费用，只得出院回家。现在，她靠吃中药来维持生命，每天一付。

《吴芹，你活得好辛苦》续篇——

妈妈病入膏肓 女儿昏倒学堂

当初，一付中药110元，老中医得知她的情况后，每付中药只收90元。

虽然儿子已被工厂照顾进厂做了临时工，每月能开300多元；虽然公司对吴芹特殊考虑，每月给她300多元的工资，但母子俩的工资还不够一个月的药费。好心的亲朋热心接济她，但顾了这头，顾不上那头。吴芹正在上学的女儿由于长期劳累且营养不良，9月6日突然昏倒在教室里，被同学们送进了医院……

吴芹多次重复着一句话："如果不是为了两个孩子，我[illegible]了。虽然我们一家人这个模样，[illegible]个家呀！如果我死了，两个孩[illegible]办？"

（吕[illegible]）

社会断面

资，但母子俩的工资仍不够一个月的药费。好心的亲朋接济她，但顾了这头，顾不上那头。吴芹正在上学的女儿由于长期劳累且营养不良，九月六日突然昏倒在教室里，被同学们送进了医院……

吴芹多次重复一句话：“如果不是为了两个孩子，我早就吃点药死了。虽然我们一家人这个模样，但这也叫个家呀！如果我死了，两个孩子可怎么办？”

（载于 1996 年 9 月 25 日《镜泊晚报》）

小兄妹撑起沉重的家

三月中旬，我们来到牡丹江市桦林橡胶厂。王化伟和王锐兄妹俩就住在这个厂的家属楼里。

这是一个简朴的家，家具旧而少，但是很洁净。十五岁的女孩王锐显得比同龄的孩子懂事不少，她告诉我们，家里的一切家务活只能兄妹俩承担，哥哥上班比较辛苦，像洗衣服、收拾屋子这类活儿她就尽可能多干点儿。

屋子的方厅里挂着一块石英钟。王锐说，那是他父亲王福忠在世时，别人送的。有一次王福忠开车时正遇到一辆大卡车翻到沟里，他立即停车救援，事后人家为表示感激，就送了这个石英钟。王家的老邻居吴艳华叹息着说："王锐的父母都是好人，可惜他走得太早了，这两个孩子命苦啊。"

王锐的母亲吴芹原来在牡丹江农药厂工作，后调到桦林橡胶厂。一九七五年，才二十多岁的吴芹就因农药中毒而留下了终身难愈的后遗症——末梢神经炎。母亲身体不好，父亲又是司机，一年没有多少时间在家，小兄妹二人从小就学会了干家务。

王锐八岁那年，父亲有事去了山东，恰在此时，妈妈的病又犯了，抽搐之后，便无力地躺在床上。妈妈发病的那天早晨，小王锐天刚蒙蒙亮就起床了，她学着妈妈的样子找出挂面和鸡蛋，初次做饭难免心慌，锅里的油冒烟了，王锐急忙舀了一瓢水浇下去，油点子当即溅到了她的身上……当她捧着面条送到床前时，妈妈伤心地哭了。

一九九一年，一场洪水夺去了王福忠的生命，吴芹的病更重了。工友王淑琴告诉我们："这两口子感情好，王锐她爹去世的时候，吴芹整天恍恍惚惚的，我们看着都担心。"

吴芹病情好转能站起来时已经是一年后了，家里值钱的东西差不多卖光了，还不够还外债。

一九九五年，吴芹因肝硬化再次住进了医院。吴芹所在的商饮公司捐了一千多元钱，车队的几位老工友捐了几百元，在医院工作的王淑琴不仅悉心照料吴芹，还慷慨地捐了一千元钱。

生活報

黑龙江日报社主办　SHENG HUO BAO　·16版·零售价：三角

地址：哈尔滨市道里区地段街1号　国内刊号CN23——0017　国内代号：13——37　总第2777期

小兄妹撑起沉重的家

父亲被洪水夺去生命之后，母亲又因肝硬化不幸去世

3月中旬，我们来到牡丹江市桦林橡胶厂，王化林和王锐兄妹俩就住在这个厂的家属楼里。

这是一个简朴的家，家具旧而少，但是很洁净。15岁的女孩王锐显得比同龄的孩子懂事不少，她告诉我们：家里的一切家务活只能兄妹俩承担，哥哥上班比较辛苦，像洗衣服、收拾屋子这类活儿她就尽可能多干点儿。

屋子的方厅里挂着一块石英钟。王锐说，那是他父亲王福忠在世时，别人送的。有一次王福忠开车时正遇到一辆大卡车翻到沟里，他立即停车救护，事后人家为表示感激就送了这个石英钟。王家的老邻居吴艳华叹息着说："王锐的父母都是好人，可惜走得太早了，这两个孩子命苦啊。"

王锐的母亲吴芹原来在牡丹江农药厂工作，后调到桦林橡胶厂。1975年，才20多岁吴芹就因农药中毒留下了终生难愈的后遗症——末梢神经炎，癫痫样抽搐。母亲身体不好，父亲又是司机，一年没有多少时间在家，小兄妹二人从小就学会了干家务。

王锐8岁那年，父亲有事去了山东，恰在此时，妈妈的病又犯了，抽搐之后，便无力地躺在床上。妈妈发病的那天早晨，小王锐天刚蒙蒙亮就起床了，她学着妈妈以前的样子找出挂面和鸡蛋，初次做饭难免心慌，锅里的油冒烟了，王锐急忙舀了一瓢水浇下去，油点子当即溅到了她的身上……当她捧着面条送到床前时，妈妈伤心地哭了。

1991年，一场洪水夺去了王福忠的生命，吴芹的病更重了。工友王淑琴告诉我们："这两口子感情好，王锐他爹去世的时候，吴芹整天恍恍惚惚的，我们看着都担心。"

吴芹的病情好转能站起来时已经是一年后了，家里值钱的东西差不多卖光了，还不够还外债。

1995年，吴芹因肝硬化再次住进了医院。吴芹所在的商饮公司捐了1000多元，车队的几位老工友捐了几百元，在医院工作的王淑琴不仅悉心照料吴芹，还无私地捐献了1000元钱。

妈妈住院的时候，小王锐主动承担起了家务。哥哥王化伟不忍心让小妹承担家庭重担，他经常主动掌勺，为小妹做饭。熟能生巧，后来王化伟的鱼香肉丝做得还真挺像样了。家里穷，有时候没什么菜了，王化伟就买两袋方便面给妹妹，自己啃剩馒头。

懂事的小王锐常常和哥哥争着做饭。为了上学不迟到，天不亮她就要起床，由于个子太矮，她就站在凳子上切菜，刚学做饭时，她不是从凳子上跌下来，就是切伤了手，炉子有时几次都点不着，煤烟呛得她直流眼泪。

王锐的小学班主任赵英波告诉我们，那些日子，王锐每天一放学就跑回家，和哥哥一起打扫房间、做饭，然后再奔向医院。从医院回家，她才有时间做家庭作业。赵老师说，王锐学习十分刻苦，好几次晕倒在课堂上。

1996年10月，妈妈终于撇下这对苦命的小兄妹撒手而去了。王化伟辍学做了一名临时工，小王锐也完全背起了家务的大包袱，为了节约，兄妹俩舍不得买一斤肉，中秋节，别人家都忙着做鱼做肉，兄妹俩的饭桌上仅有一盘炒白菜。

星期天，当别的孩子在父母的身边撒娇的时候，小王锐却像个家庭主妇一样，把兄妹俩穿破的衣服拿出来缝缝补补，她还必须赶在星期天蒸几锅馒头，够一个星期吃。桦林橡胶厂给兄妹俩特困补助，邻居们也时常帮助他们。春节时，老邻居吴艳华特意包了饺子送到他们家。可是，这两个坚强的孩子却不愿接受过多的同情，王化伟对我们说："谁遇到这种情况都得坚强面对，最艰难的时候我们已经走过去了，相信以后的路一定会比从前好走。"

吕广波　郭忠库　本报记者　孙剑波

妈妈住院的时候，小王锐主动承担起了家务。哥哥王化伟不忍心让小妹承担家庭重担，经常主动掌勺，为小妹做饭。熟能生巧，后来王化伟的鱼香肉丝做得还真挺像样了。家里穷，有时候没什么菜了，王化伟就买两袋方便面给妹妹，自己啃剩馒头。

懂事的小王锐常常和哥哥争着做饭。为了上学不迟到，天不亮她就要起床，由于个子太矮，她就站在凳子上切菜。刚学做饭时，她不是从凳子上跌下来，就是切伤了手，炉子有时几次都点不着，煤烟呛得她直流眼泪。

王锐的小学班主任老师赵英波告诉我们，那些日子，王锐每天一放学就跑回家，和哥哥一起打扫房间、做饭，然后再奔向医院。从医院回来，她才有时间做家庭作业。赵老师说，王锐学习十分刻苦，好几次晕倒在课堂上。

一九九六年十月，妈妈还是撇下这对苦命的小兄妹撒手而去了。王化伟辍学做了一名临时工，小王锐也完全背起了家务的大包袱。为了节约，兄妹俩舍不得买一斤肉，中秋节，别人家都忙着做鱼做肉，兄妹俩的饭桌上仅有一盘炒白菜。

星期天，当别的孩子在父母的身边撒娇的时候，小王锐却像个家庭主妇一样，把兄妹俩穿破的衣服拿出来缝缝补补，她还必须赶在星期天蒸几锅馒头，够一个星期吃。桦林橡胶厂给兄妹俩办理了特困补助，邻居们也时常帮助他们。春节时，老邻居吴艳华特意包了饺子送到他们家。可是，这两个坚强的孩子却不愿接受过多的同情，王化伟对我们说："谁遇到这种情况都得坚强面对，最艰难的时候我们已经走过去了，我们相信以后的路一定会比从前好走。"

（载于 1997 年 3 月 22 日《生活报》）

电送教师楼　情暖园丁心

在第十二个教师节来临前夕，市农电局得知郊区桦林镇小学教师楼主体工程竣工，但水电工程尚无着落时，主动上门服务。

镜泊晚报

JING PO WAN BAO　1996年8月30日 星期五　丙子年七月十七

牡丹江日报社主办　镜泊晚报社出版

电送教师楼　情暖园丁心

本报讯（吕广波 王立场）在第十二个教师节来临前夕，市农电局得知郊区桦林镇小学教师楼主体工程竣工，但水电工程尚无着落，主动上门服务。

8月20日，市农电局王大猛局长亲自到桦林小学教师集资楼，实地考察具体施工有关事项，8月21日施工开始，工人们每天天蒙蒙亮就开始干，一直到天黑才收工，决心赶在教师节前保质、保量地完工。开工10天时间，他们就完成了鉴定、论证、设计、埋杆、架线等工作，共架高压线400多米，新增变压器一台。为桦林小学节约材料费和人工费4万余元。

八月二十日，市农电局王大猛局长亲自到桦林小学教师楼实地考察。八月二十一日施工开始，工人们每天天蒙蒙亮就开工，一直到天黑才收工，决心赶在教师节前保质保量地完工。开工十天时间，他们就完成了鉴定、论证、设计、埋杆、架线等工作，共架高压线四百多米，新增变压器一台，为桦林小学节约材料费和人工费四万余元。

（载于 1996 年 8 月 30 日《镜泊晚报》）

互利村被命名为市级文明村标兵

黑龙江省牡丹江市桦林镇互利村，一九九五年被市委、市政府命名为市级文明村标兵。

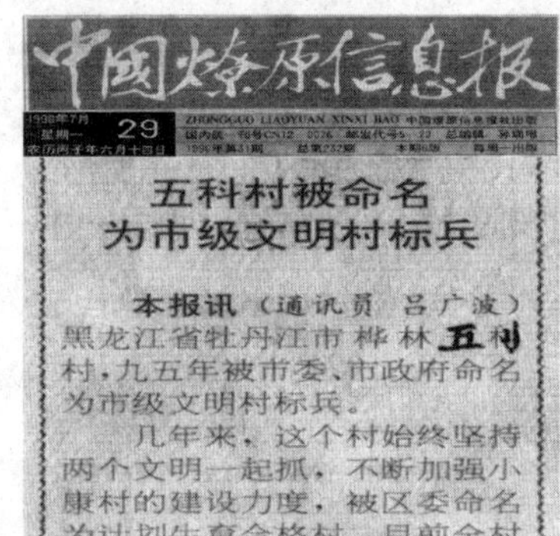
中国燎原信息报

29

ZHONGGUO LIAOYUAN XINXI BAO

五科村被命名
为市级文明村标兵

本报讯（通讯员　吕广波）黑龙江省牡丹江市桦林五利村，九五年被市委、市政府命名为市级文明村标兵。

几年来，这个村始终坚持两个文明一起抓，不断加强小康村的建设力度，被区委命名为计划生育合格村。目前全村共有适龄入学儿童76名，入学率达100%，接受九年义务教育巩固率达100%；全村共有420户，九四年由村委会花费15万元为全村安装了有线电视，为广大农民业余文化生活注入了新的内容，农民们思想觉悟不断提高，社会治安状况良好，几年来没有重特大刑事案件和事故发生。

几年来，这个村始终坚持两个文明一起抓，不断加强小康村的建设力度，被区委命名为计划生育合格村。目前，全村共有适龄入学儿童七十六名，入学率达百分之百，接受九年义务教育巩固率达百分之百。全村共有四百二十户，一九九四年由村委会花费十五万元为全村安装了有线电视，为广大农民业余文化生活注入了新的内容，农民思想觉悟不断提高，社会治安状况良好，几年来没有重特大刑事案件和事故发生。

（载于 1996 年 7 月 29 日《中国燎原信息报》）

姑娘失意投江 青年冒死相救

镜泊晚報

姑娘失意投江
青年冒死相救

市井故事

4月18日下午4时，桦林集团公司热电分厂青年工人周德云和女友在江边散步，忽见有人从100米开外的铁桥上掉入江中。两人一愣，这时传来急促的呼救声。“救人要紧！”周德云只脱了一件上衣外套，便奋不顾身地跳入江中。江水冰冷刺骨，他的脚就要抽筋，他使劲地勾了勾脚，忍着疼痛向落水者游去，经过一番奋争，他终于把落水者救上了岸。此时，周德云已被冻得蜷缩成一团。

落水者是一位年仅24岁的姑娘，她叫付双旗，是桦林集团公司九分厂职工，受到感情打击，便来到桦林铁路桥上，准备自杀，于是发生了本文开头叙述的那一幕。

吕广波

四月十八日下午四时，桦林集团公司热电分厂青年工人周德云和女友在江边散步，忽见有人从一百米开外的铁桥上掉入江中。两人一愣，这时传来急促的呼救声。“救人要紧！”周德云只脱了一件上衣外套，便奋不顾身地跳入江中。江水冰冷刺骨，他的脚要抽筋，他使劲地勾了勾脚，忍着疼痛向落水者游去。经过一番努力，他终于把落水者救上了岸。此时，周德云已被冻得蜷缩成一团。

落水者是一位年仅二十四岁的姑娘，是桦林集团公司九分厂职工，受到感情打击，便来到桦林铁路桥上，投江自杀，于是发生了本文开头叙述的那一幕。

（载于 1997 年 5 月 13 日《镜泊晚报》）

还我清清牡丹江

在牡丹江市南端，沿着美丽的江滨公园，一条宽宽的大江滚滚东流。发源于吉林省长白山牡丹岭的牡丹江，是松花江的第二大支流。它流经吉林省敦化市后进入牡丹江市的镜泊湖、宁安市、牡丹江市区、海林市的柴河镇，入莲花水库，再经林口县入哈尔滨的依兰县，然后汇入松花江。

牡丹江全长七百二十五公里，流经牡丹江市干流长三百九十七公里，年平均流量87.94亿立方米，是我市主要水源河流和地下水补给源，牡丹江水不但灌溉了沿岸几十万亩良田，而且也是市区五十多万人口和三个市(县)一百多万人民生活用水及沿江城乡工农业用水的水源。

五十年前，牡丹江沿途山清水秀，鸟语花香，如诗如画。充足而优质的江水为各种鱼类生长提供了良好条件。沿岸的人们曾经流传“棒打狍子瓢舀鱼，野鸡飞到饭锅里”的佳话。

短短五十年后的今天，牡丹江昔日景象已不复存在。近年来，一些人只重视经济效益，不重视环境效益，把牡丹江当成了排污沟，大量的工业污水和生活污水排入牡丹江，使牡丹江污染严重，已对牡丹江下游的工农业用水、生活饮用水构成了一定威胁。

据调查，牡丹江市重点工业水污染源有造纸厂、水泥厂、制药厂、化工厂、化肥厂等四十余家，每年排入牡丹江的废水约九千万吨，牡丹江沿岸生活污水每年排入牡丹江中约四千五百万吨。由于宁安和海林两市污水大量排入牡丹江中，致使牡丹江市区水源地受到严重威胁，不仅影响了牡丹江市的工业用水，同时牡丹江市区五十多万人的身体健康也受到一定的影响。

人们常把河流比作玉带，把湖泊誉为玉带上的珍珠，在牡丹江干流上就镶嵌着一颗最大最美的珍珠——镜泊

综合新闻 2 镜泊晚报 97.5.8

还我清清牡丹江

湖。镜泊湖以其水中山碧绿、山中水湛蓝的巨大魅力吸引着成千上万的中外游客。它不仅是国内外著名的避暑胜地和旅游胜地，也是牡丹江市引以为豪的“聚宝盆”。然而近些年来，人们注重湖区的经济效益多于环境保护，疏于对湖区的管理。游人随意向湖内投生活垃圾，致使镜泊湖的富营养化日趋严重。目前，每年八月份，湖中藻类大量繁殖，湖水透明度由冬季的4~5米下降到0.5~1米，水面上出现大量的带状“水花”，不但影响了鱼类的生长，同时也带给游人一种不愉快的感观。镜泊湖水质的恶化对牡丹江下游的威胁更应该引起人们的注意。

牡丹江市区下游正在修建的莲花水库，是集旅游、度假、娱乐、疗养等功能于一体的东北三省最大的风景区，莲花水库将成为牡丹江市的第二个“聚宝盆”，它对振兴牡丹江市的区域经济将起到支柱作用，对牡丹江的社会发展和改善经济环境有着举足轻重的作用。莲花水库自一九九六年开始蓄水，将于一九九八年蓄满，按设计要求，水库进水水质应为Ⅳ类，而目前水质为Ⅴ类，明显超过国家标准，总磷含量已达到0.027mg / L，超过国家标准0.02mg / L。莲花水库的污染主要来自牡丹江市区，市区污染源向牡丹江中排放的污水、废渣不断增加，江水的净化力又小，所以最终将导致莲花水库水质日渐下降。这不能不引起人们的普遍关注，这不能不引起有关领导的高度重视。

如果现在不对莲花水库水质加以控制，不采取必要的拯救措施，不对市区的污染源进行彻底治理，要不了多少年，莲花水库就会变成一个臭水库、黑水库，牡丹江人引以为豪的“聚宝盆”就会变成“脏水盆”。镜泊湖的富营养化和污染已经很严重了，这应该是一个很深刻的教训，坚决不能再让莲花水库步镜泊湖的后尘，那样不仅会影响牡丹江市对外的形象，同时也会给牡丹江市的经济发展带来难以估量的损失。

牡丹江是母亲江，它无私地哺育了一代又一代的牡丹江人，在白山黑水之间，在牡丹江环绕的这片土地上有多少风云人物、志士豪杰，他们都是喝牡丹江水长大的。让我们生活在牡丹江两岸的人达成防治水污染、保护水资源的共识，采取有力措施，有效治理牡丹江水污染，使我们的母亲江清清亮亮，再现自然美丽的风采。只要各级领导能高度重视，只要污染大户下决心治理，只要人人都积极监督，牡丹江，我们的母亲江就一定能重现清澈。

（载于1997年8月8日《镜泊晚报》）

强化职业道德，主动接受监督

桦林集团职工医院坚持“文明行医、礼貌待患，服务第一、病人至上”的办院方针，取得了经济效益和社会效益的双丰收。

担负着三万名职工和家属医疗服务任务的医院在不断提高医疗、护理质量的同时，把精神文明建设作为目标管理的重要内容来抓。医院制定了职工医德医风考核细则，并建立个人考核档案，采取自我评定、科室评定、社会评定和组织评定的方法，每季度对全体医护人员进行一次综合测评。测评结果装入本人“医德医风档案”，满意率未达百分之九十者将被通报批评，扣发当月奖金。同时，他们还在社会上聘请了五十名

牡丹江日報

MUDANJIANG RIBAO

桦林集团职工医院

强化职业道德 主动接受监督

本报讯 桦林集团职工医院坚持“文明行医、礼貌待患、服务第一、病人至上”的办院方针，取得了经济效益和社会效益的双丰收。

担负着三万名职工、家属和桦林地区医疗服务的这家医院，在不断提高医疗、护理质量的同时，把精神文明建设作为目标管理的重要内容来抓，制定了职工医德医风考核细则，并建立个人考核档案，以自我评定、科室评定、社会评定和组织评定的方法，每季度对全体医护人员进行一次综合测评，测评结果装入本人“医德医风档案”，满意率未达90%者将被通报批评和扣发当月奖金。同时，他们还在社会上聘请了50名义务监督员，定期召开座谈会，征求意见。医院还设立了举报箱、举报电话和院长接待日，负责解答患者提出的问题。在患者入院即发放《给患者的一封信》，患者如发现医护人员存在生、冷、硬、顶、勒卡和索要红包现象，即可举报，院长将实行“医德医风一票否决”，对这名医护人员从重处罚。

从年初开始，这家医院开展了党员、团员挂牌上岗服务活动，主动接受监督，医院上下已经形成了“时时对比找差距，我为患者献爱心”的良好氛围。七月份以来，他们共收到感谢信100余封，拒吃请83次，拒收红包45人次。

吕广波 本报记者 史玉杰

一九九七年九月九日、二版

义务监督员，定期召开座谈会，征求意见。医院还设立了举报箱、举报电话和院长接待日，负责解答患者提出的问题。患者入院即发放《给患者的一封信》，患者如发现医护人员存在生、冷、硬、顶、卡和索要红包现象，即可举报，医院将执行“医德医风一票否决”制度，对违规医护人员从重处罚。

从年初开始，这家医院开展了党员、团员挂牌上岗服务活动，主动接受监督。医院上下已经形成了“时时对比找差距，我为患者献爱心”的良好氛围。七月份以来，医院共收到感谢信一百余封，拒吃请八十三次，拒收红包四十五人次。

（载于 1997 年 9 月 9 日《牡丹江日报》）

面对歹徒，奋不顾身

近一时期，在牡丹江市桦林集团公司，人们广为传诵着职工医院护士杜亚辉为保护同事生命安全，不顾个人安危，与持刀歹徒殊死搏斗，献出年仅三十二岁的生命的感人事迹。

十二月九日深夜十一时三十分刚过，劳累一天的桦林人早已进入梦乡。此时，一双罪恶的黑手伸向了桦林集团公司职工医院。已有三年吸毒史的犯罪嫌疑人孙某，酒后手持尖刀窜上二楼外科病房，谎称自己是住院患者，需要打针，敲护士值班室的门。因有一白天做阑尾炎手

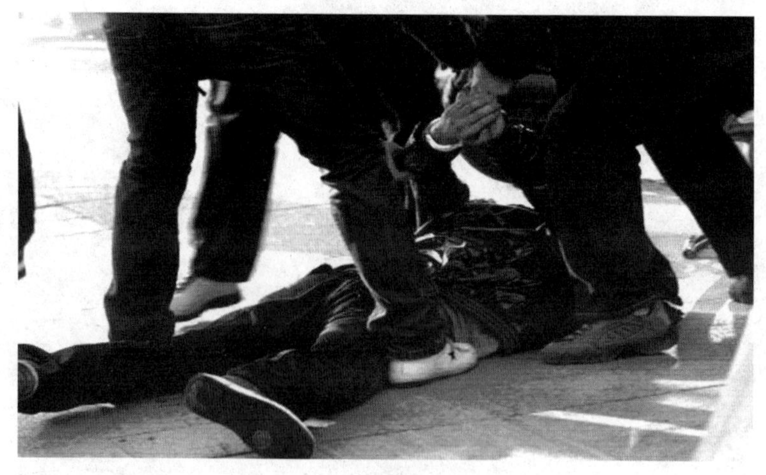

黑龙江日报

面对歹徒 奋不顾身

术的患者需要打止痛针，当班护士林娥正要出门，便毫无戒备地把门打开。孙某窜进值班室后用尖刀顶在林娥的胸部，大声命令道：“快给我拿杜冷丁。”林娥说：“你等着，我去给你拿。”她一边说一边往外跑，本想打碎值班室的门玻璃以示呼救，但被孙某扯着头发拖回床上。见林娥想往外跑，孙某凶相毕露，说：“我不用你去拿杜冷丁，我要你的耳环。”说着，他一把将林娥的左耳环抢了下来，抢下耳环他仍不罢休：“我还要你……”林娥一边同歹徒搏斗，一边呼救，歹徒用尖刀向林娥胸部、腿部，连刺七刀。呼救声虽然惊动了整个二楼所有的住院患者及几十名陪护人员，但竟无一人出来营救。远在三十米外的内科值班护士杜亚辉，深夜查完病房正要休息，听到呼救声后，连外衣都没顾上穿，就急忙穿着拖鞋赶到外科值班室，奋不顾身地与歹徒搏斗。丧心病狂的歹徒用尖刀刺入杜亚辉的上腹部，杜亚辉当即倒在血泊中，歹徒乘机逃离现场。

医院领导接到电话后立即赶到医院并组织急救，迅速把两名护士送到牡丹江市第二医院抢救。林娥因伤势较轻脱离危险，杜亚辉肝左叶被穿透，门静脉被刀割断，虽然经过三个多小时的全力抢救，但终因伤势过重，失血过多，抢救无效而献出了宝贵的生命。

案发后，桦林集团公司派出所立即向上级报案。牡丹江市公安局阳明分局接到报案后，连夜展开侦破工作，于十二月十日下午二时，将正在牡丹江市西五条路某饭店喝酒的孙某抓获。

三十一岁的孙某原是牡丹江市桦林集团公司九分厂硫化车间工人，后因违纪被送到劳务市场。几年前曾因犯强奸罪被判刑六年。经审讯，孙某对犯罪事实供认不讳，被公安机关收押。

（载于 1997 年 12 月 25 日《黑龙江日报》）

抢熟人头上，栽了

一九九七年十二月十六日零时二十分，两年内十五次持刀抢劫的重大犯罪嫌疑人谭某，在牡丹江市桦林集团公司落入法网。

一九九七年二月十五日十七时五十五分，桦林橡胶厂派出所接到群众报案，十七时许，一蒙面持刀歹徒闯入桦林橡胶四委居民吴某家中，抢走人民币三千余元及24K 金十五克重项链一条。吴某报案时称，从歹徒的身材特征和说话声音分析，是对她家比较熟悉的桦林集团

生活报

1998·1·9

星期二
哈尔滨地区天气预报
白天 晴有时多云
风向 西北
风力 3-4级
夜间 晴
风向 西北
风力 2级
气温 最高—5℃ 最低—17℃

黑龙江日报社主办 SHENG HUO BAO ·16版·零售价：三角

地址：哈尔滨市道里区地段街1号 国内刊号 CN23——0017 国内代号：13——37 总第3060期

2年抢劫15起，越抢胆越大
抢熟人头上，栽了

本报讯 1997年12月15日深夜，2年内15次持刀抢劫的重大犯罪嫌疑人谭佩龙，在牡丹江市桦林集团公司落入法网。

1997年2月15日17时55分，桦林橡胶派出所接到群众报案，17时许，一蒙面持刀歹徒闯入桦林橡胶四委居民吴某家中，抢走人民币现金3000余元及24K金15克重项链一条。吴某报案时称，从歹徒的身材特征和说话的声音分析，怀疑歹徒是对她家比较熟悉的桦林集团公司工人谭佩龙。

桦林橡胶派出所李景祥所长带领10多名民警连夜展开侦破工作。16日0时20分左右，一辆出租车停在桦林镇临江小学路口，车上下来一女青年，民警们立即上前盘查，知女青年是谭的女友曾某。民警们随即将女青年连同车内的男青年一齐带回派出所，经对曾某进一步审查，她交待男青年就是谭佩龙。

经审查，谭佩龙对犯罪事实供认不讳。谭佩龙还交待，自1996年以来他先后在牡丹江市、绥芬河市、桦林集团公司等地，蒙面持刀入室抢劫15次。 （吕广波 姚玉才）

公司工人谭某。

桦林橡胶派出所李景祥所长带领十多名民警连夜展开侦破工作。十六日零时二十分左右，一辆出租车停在桦林镇临江小学路口。车上下来一名女青年，民警们立即上前盘查，得知女青年是谭的女友曾某。民警们随即将女青年连同车内的男青年一起带回派出所，经对曾某进一步审查，她交代男青年就是谭某。

经审查，谭某对犯罪事实供认不讳。谭某还交代，自一九九六年以来，他先后在牡丹江、绥芬河、桦林集团公司等地蒙面持刀入室抢劫十五次。

（载于 1998 年 1 月 9 日《生活报》）

白衣天使拾金不昧

二月五日，早五点钟刚过，牡丹江市爱民区北安乡江西村村民徐玉平便来到桦林集团公司医院，将一面印有“白衣天使，拾金不昧”字样的锦旗交到院长徐殿梅的手中，并讲述了该院内科护士许淑香拾金不昧的感人事迹。

一月三十日晚六时许，桦林集团公司医院内科护士许淑香在回家的路上捡到一个黑色的钱包，发现内有人民币一千四百元和一个身份证、两张票据。回到家后，

鏡泊晚報

白衣天使拾金不眛

本报讯（吕广波）2月5日，早8点钟刚过，牡市爱民区北安乡江西村村民徐玉平便来到桦林集团公司医院，将一面印有“白衣天使，拾金不昧”的锦旗交到院长徐殿梅的手中，并讲述了该院内科护士许淑香拾金不昧的感人事迹。

1月30日晚6时许，桦林集团公司医院内科护士许淑香在回家的路上捡到一个黑色的钱包，发现内有人民币1400元和一个身份证及两张票据。回到家后，她便按身份证上的地址托人打听失主徐玉平，虽然经多方打听终没找到。2月3日，许淑香向在内科住院的患者及陪护人员打听时，有一名陪护人员告诉她说，徐玉平是在桦林火车站前开农用车的，于是许淑香又到桦林火车站前寻找失主徐玉平，正巧徐玉平出车，于是她留下住址及电话号码，告诉停车场的司机等徐玉平回来后跟她联系。晚7点，当徐玉平拿着失而复得的钱包时，激动不已。他当时拿出200元钱给许淑香，被她婉言拒绝了。

徐玉平被许淑香这种拾金不昧的精神和高尚的品质所感动，于是他特到市内做了一面锦旗送到职工医院。

市井故事

她便按身份证上的地址打听失主徐玉平，虽然经多方打听，但终没找到。二月三日，许淑香向在内科住院的患者及陪护人员打听时，有一名陪护人员告诉她说，徐玉平是在桦林火车站前开农用车的。于是，许淑香又到桦林火车站前寻找失主徐玉平。正巧徐玉平出车，于是她留下住址及电话号码，告诉车场的司机，等徐玉平回来后跟她联系。晚七点，当徐玉平拿回失而复得的钱包时，激动不已。他当时拿出二百元钱给许淑香，被她婉言拒绝了。

徐玉平被许淑香这种拾金不昧的精神和高尚的品质所感动，于是他特地到市内做了一面锦旗送到职工医院。

（载于1998年3月16日《镜泊晚报》）

桦林镇抢前抓早备春耕

春节刚过，阳明区桦林镇便组织镇村两级干部及有关部门，集中精力部署和安排备春耕工作。目前，全镇上下已经掀起了以抗春旱为主的备耕生产的热潮。

该镇两级干部采取现场办公的形式，深入村屯农户，对全镇九个行政村十余个自然屯逐一察看，对个别村屯备春耕生产中存在的问题逐一解决。目前，全镇备耕所需的资金、物资都已落实到位。

桦林信用社充分发挥支农扶农的作用，为全镇农业贷款投入三百五十万元。种子站为使农民用上优良的种

子，严把质量关，现已购进玉米、小麦、大豆优良种子二百吨。供销合作社充分发挥生产资料部门的主渠道作用，筹措资金购进化肥八百吨，农药七吨，农膜十八吨，保证农民春耕所需。镇农机站抢修农机具二百二十套（台），为全镇一九九八年粮食丰产打下了基础。

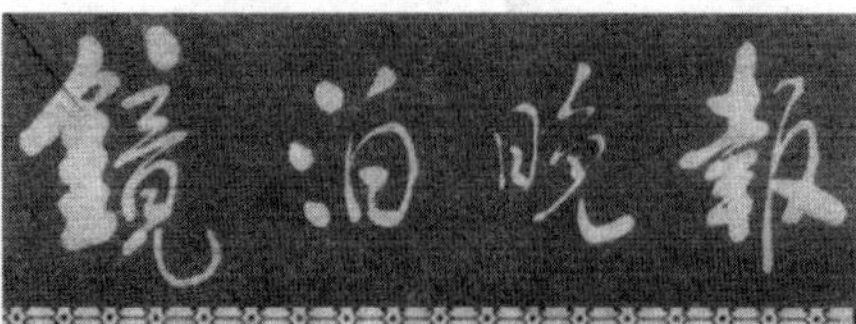

桦林镇抢前抓早备春耕

本埠短讯

本报讯（吕广波 潘铁军） 春节刚过，阳明区桦林镇便组织镇村两级干部及有关涉农部门，集中精力部署和安排备春耕工作。目前，全镇上下已经掀起了以抗春旱为主的备耕生产的热潮。

该镇两级干部采取现场办公的形式，深入村屯农户，对全镇九个行政村十余个自然屯，逐一察看，对个别村屯备春耕生产中存在的问题逐一解决。

目前，全镇备耕所需的资金、物资都已落实到位。

桦林信用社充分发挥支农扶农的作用，为全镇农业贷款投入350万元。种子站为使农民用上优良的种子，严把质量关，现已购进玉米、小麦、大豆优良种子200吨。供销合作社充分发挥生产资料部门的主渠道作用，筹措资金购进化肥800吨，农药7吨，农膜18吨，保证农民春耕所需。镇农机站抢修农机具220套（台），为全镇今年粮食丰产打下了基础。

责任编辑 王全

（载于1998年2月26日《镜泊晚报》）

爱心无限的好主席

在牡丹江市桦林集团公司医院，人们经常可以看到一个忙碌的身影，每当提起这个人时，职工们都有说不完的话。这个人就是医院工会主席单连盈。

人们把工会亲切地称为“职工之家”，就是因为工会能给职工带来温暖和欢乐。怎样才能使工会组织无愧于这个光荣称号呢？单连盈主席的做法就是，积极为职工为实事、办好事。一九九一年七月，内科护士林娥家不幸发生火灾。单主席得知后，连夜赶到百余里外的林娥家，见她家的三间房子被大火烧得精光，单主席心里

黑龙江工人报

爱心无限的好主席

● 吕广波

工运风流

在牡丹江市桦林集团公司医院，人们经常可以看到一个最忙碌的身影，每当提起这个人时，职工们都有说不完的话。这个人就是医院工会主席单连盈。

人们把工会亲切地称为："职工之家"就是因为工会能给职工带来温暖和欢乐，怎样才能使工会组织无愧于这个光荣称号呢？单连盈主席的做法就是积极为职工办实事、办好事。1991年7月，内科护士林娥家不幸发生火灾，单主席得知后连夜赶到百余里外的林娥家，见她家的三间房子被大火烧得净光，单主席心里一阵酸楚。返回单位后，他立即同工会委员们商量为林娥家捐款，他还带头捐钱。第二天他就带着捐款和衣物又来到林娥家，感动得林娥的父母拉着他的手激动地说："多亏你们医院工会救了我的家呀。"

在桦林集团总公司，提起"单司仪"恐怕没人不知道，凡是医院的职工结婚总少不了他忙前跑后的，总能听到他幽默的主持和祝福的话语。自从1992年起医院陆续分配来50多名大中专毕业生，他们大多数家在外地，有的家在外省，在桦林没有亲人，单主席便成了"大家长"。每个职工操办婚事都离不开他，他既当娘家人又当婆家人，从买日常用品到家用电器他样样都帮着张罗。他还经常对他们讲："你们参加工作时间短手里没有多少积蓄，结婚不用大操大办，买一些实用的东西就可以了，等以后两个人慢慢再买，刚成家都要过一段紧日子。"

工会工作既忙碌又繁琐，不但要管婚丧嫁娶，邻里纠纷，同时还要调剂职工文化生活，为丰富职工们文化生活，单主席每年都组织象棋、围棋、书法、跳绳、拔河、排球、篮球比赛等活动。每次活动他都亲自组织并为队员加油鼓劲。

如今，医院工会连续5年被评为模范职工之家，单主席本人也多次被评为市工会积极分子，总公司优秀工会干部。

一阵酸楚。返回单位后，他立即同工会委员们商量为林娥家捐款，他还带头捐钱。第二天，他就带着钱和衣物又来到林娥家，感动得林娥的父母拉着他的手激动地说："多亏你们医院工会救了我们家呀！"

在桦林集团总公司，提起"单司仪"恐怕没人不知道，凡是医院的职工，结婚总少不了他忙前跑后的，总能听到他幽默的主持和祝福的话语。自从一九九二年起，医院陆续分配来五十多名大中专毕业生，他们大多数家在外地，有的家在外省，在桦林没有亲人，单主席便成了"大家长"。每个职工操办婚事都离不开他，他既当娘家人又当婆家人，从买日常用品到家用电器，他样样都帮着张罗。他还经常对他们讲："你们参加工作时间短，手里没有多少积蓄，结婚不用大操大办，买一些实用的东西就可以了，等以后两个人慢慢再买，刚成家都要过一段紧日子。”

工会工作既忙碌又烦琐，不但要管婚丧嫁娶、邻里纠纷，同时还要调剂职工文化生活。为丰富职工的文化生活，单主席每年都组织象棋、围棋、书法、跳绳、拔河、排球、篮球等比赛活动。每次活动他都亲自组织，并为队员加油鼓劲。

如今，医院工会连续五年被评为模范职工之家，单主席本人也多次被评为市工会积极分子、总公司优秀工会干部。

（载于 1998 年 4 月 2 日《黑龙江工人报》）

后 记

初春某日，和女儿收拾旧物，偶然间看到了这些被我遗忘了十多年的，在各种报刊发表的“豆腐块”。望着眼前这些断断续续的片段式的记忆，心中感慨万千。似打碎了五味瓶，酸甜苦辣各种滋味一起涌上心头。

于是，我突然灵光一现，冒出个大胆的想法，把这些“豆腐块”集中到一起，编辑成一本自己的作品集，一是纪念自己过去那些“爬格子”的岁月，二是给后人留下点精神财富，岂不美哉！没想到我的突发奇想得到了女儿的赞许和支持。

于是，我便和女儿说：“既然你如此支持我，那就给我的作品集起个名吧！”两日后，女儿很是认真地告诉我，书名就叫《彼时年华》吧，我甚是满意。于是又得寸进尺，再邀女儿给我写了一篇序。女儿的序，让我眼前一亮，这是真要把老爸拍在沙滩上的节奏......

其实，小女自十二岁始，便不时示我以小诗，并在报上发表了处女作《我爱我的祖国》：

祖国母亲我爱你，
我们是您的好儿女，
金秋十月祝福你，
国旗飘在秋风里。

祖国母亲我爱你，
我们是您的好儿女，
努力拼搏争第一，
奥运精神传万里。

祖国母亲我爱你，
我们是您的好儿女，
神六神七飞上天，
世界瞩目齐欢喜。

祖国母亲我爱你，
我们是您的好儿女，
好好学习练身体，
努力为国创佳绩。

（载于2013年10月25日《牡丹江广播电视报》）

牡丹江广播电视报　优质生活新主张

百姓周刊

2013.10.25
星期五
总第1295期
全刊48版

诗歌园地

我爱我的祖国

文/人民小学六年一班 吕齐

指导教师 赵小刚

祖国母亲我爱你，
我们是您的好儿女，
金秋十月祝福你，
国旗飘在秋风里。

祖国母亲我爱你，
我们是您的好儿女，
努力拼搏争第一，
奥运精神传万里。

祖国母亲我爱你，
我们是您的好儿女，
神六神七飞上天，
世界瞩目齐欢喜。

祖国母亲我爱你，
我们是您的好儿女，
好好学习练身体，
努力为国创佳绩。

我写稿子纯属偶然。一九九四年认识了一位刘姓大哥，他写的许多稿子，被各类报纸杂志采用后，便可得到若干稿费，我对这种高雅的赚钱方式很羡慕。于是从一九九六年开始，我的几篇散文便也见诸报端，从那以后就喜欢上了写作。其实，我把写作只作为爱好，以打发时光，使自己的心灵不再荒芜，也是为了给无聊乏味的生活增加一些色彩，让自己的人生丰厚而趣味横生，使生活多开一扇明亮之窗。

蓦然回首，时光的漩涡已带走了我昨日的身影。这些稿子发表十多年了。这些歪歪扭扭的文字印证了我曾经有过的小小的梦想与探求。浅显也好，深刻也罢，总之是自己走过的路，留下的痕。有的是应承之作，有的纯属杜撰，有的却是肺腑之言，也自然流露出一些情感的因子。这些记忆的碎片犹如雕刻在脑子里一般，挥之不去。这当然也不足以概全，它只是人生瞬间的点点滴滴。

这本书的内容，实际上是我的文笔或者说是足迹所达到的领域，当然也是我的经历。有那么多的感慨、感悟，更多地融入了自己主观的思考和感官的印象。

我庆幸自己爱上了文字，令平凡的工作之外的生活有了新鲜的活力。也许工作中有些事让人厌烦，而又是那么无奈。但生活是自己的，不必去争什么，去屈服什么，因而，除了工作，有那么一点爱好，人生就会多一个亲密而浪漫的伴侣，陪伴你走过一个个缤纷的四季。这些年，正因为我的爱好才结识了不少志同道合的朋友，扩大了我的生活圈子和视野，让我心存愉悦，也让我拥有丰盈而满足的人生。

也许人们可以从我这些拙作中产生那么一点共鸣，哪怕是一点朴素的温暖或相同的情感经历，已然足矣！

最后，我要说的是感谢。感谢中国书法家协会会员、牡丹江书法家协会副主席张东昌先生题写书名，感谢牡丹江赢美教育印刷厂刘伟波总经理对全书的整体策划，感谢连增祥先生为本书作序，感谢设计人员的精心编排，感谢我女儿为我起书名，感谢家人的理解和支持。还有许多感谢，这里就不一一赘述……

吕广波

2018 年 3 月